云与水

王一鹰 著

吉林文史出版社
JILIN WENSHI CHUBANSHE

图书在版编目（ＣＩＰ）数据

云与水 / 王一鹰著. -- 长春：吉林文史出版社，
2020.3（2023.1重印）

ISBN 978-7-5472-6775-2

Ⅰ.①云… Ⅱ.①王… Ⅲ.①诗集－中国－当代
Ⅳ.①I277

中国版本图书馆CIP数据核字（2020）第040810号

云与水
YUN YU SHUI

著　　者：王一鹰
责任编辑：钟　杉　王　新
封面设计：四川悟阅文化传播有限公司
出版发行：吉林文史出版社有限责任公司
地　　址：长春市净月区福祉大路5788号　　邮编：130118
电　　话：0431-81629363（总编室）　　0431-81629372（发行科）
网　　址：www.jlws.com.cn
印　　刷：三河市嵩川印刷有限公司
经　　销：全国新华书店
开　　本：210mm×145mm　1/32
印　　张：8.25
字　　数：187千字
版　　次：2020年3月第1版　2023年1月第2次印刷
定　　价：49.80元
书　　号：ISBN 978-7-5472-6775-2
印装错误可与印刷厂联系退换。

黄洋界上一棵松

——序王月山的诗歌集《云与水》

火仲舫

在我交往、辅导、关注过的众多文学青年之中，王月山是很特别的一位。

说其特别，是因为他对文学的钟爱非一般人可比，可说得上"痴迷"。他本来是经商的，时间非常有限。一般商人稍有时间，便盘算如何来赚钱，千方百计、花样翻新地招徕顾客、推销货物，可是他却天天创作，隔几天就有新作问世，诗歌集、散文集一本一本地出版，已经出版的有散文集《藜蒿》，这次又结集出版诗歌集《云与水》、散文集《山水豆腐》，另外还有作品集在编辑整理之中。他还有个值得赞赏的做法，就是全家人一起上阵，参与其文学创作，他的妻子、女儿包揽家务和生意，全力支持他的创作，他的新作写成，总是交给妻子和女儿先读，征求意见，然后修改完善。可见他们一家对文学的热爱程度。还有，他的作品无论散文还是诗歌，都凸显出独到的风格与写作手法。

我与月山结识是在一次全国作家、诗人"神州行"活动中，五月端午的岳阳楼、洞庭湖、汨罗河、屈子祠，我们一帮怀揣文学梦的男女老少朋友，不期而遇，时隔两年，我们又在古都西安再次相聚，月山是带着妻子、女儿一起来的。文朋诗友在一起，谈论文学自然成为最广泛、最感兴趣的话题，印象中，月山是态度最诚恳、最谦虚谨慎者，他没有一般商人财大气粗、感觉良好的高傲，也没有貌似开朗豪放的豪迈，而是处处谨小慎微，与人交流，首先称呼对方为"老师"，自称为"学生"，请教写作之道时毕恭毕敬，即兴创作的诗文总是小心翼翼地捧给对方，悉心听取意见。这两次活动，我们自然成为交流最多的朋友——亦师亦友。分别之后，我们虽然相隔数千里之遥，但彼此的距离因为共同对文学的执着而拉近，手机短信、微信天天交流。每有新作，他都要传来请我过目、评价，从他给我传来的新作看，他的进步之大，令人叹服，用"日新月异"来形容，不是刻意夸张之词。他的诗作表现朴实无华，会令读者产生相当的亲和力，也有着"棉花里藏针"的极强穿透力。这里从他的数百首诗作中随便拈出一首以窥一斑而知全豹：

　　　　……
　　　　那是四月的一天
　　　　杜鹃花把黄洋界装点一新
　　　　突见一棵鲜活的生命
　　　　挺拔于峭壁悬崖
　　　　……

　　　　青松，我心中的迎客松

我深深地向您鞠躬
梦中，我亲切地把您呼唤
您是阅历沧桑的世纪老人
您是世人心中的映山红

我曾抚摸过嶙峋傲然的躯干
宛如烈士不朽的肤体
如今儿孙扎根于漫山遍岭
松涛是最美最豪迈的乐音

滚烫的红土地
春风曾无数次荡漾
迎客松
您热情躬迎远来的游客
如今
引领着井冈儿女
共筑新长征的世纪梦

这是一首题目为"黄洋界上一棵松"的新诗，月山来自江西革命老区井冈山——红军万里长征的起点，我来自红军长征最后胜利会师地——宁夏将台堡，也许基于这种朴素的情怀，我对这首诗情有独钟。"敌军围困万千重，我自岿然不动。早已森严壁垒，更加众志成城。黄洋界上炮声隆，报道敌军宵遁。"这是毛泽东主席《西江月·井冈山》里豪迈的诗句。是的，黄洋界不是一般意义的地域概念，而是一种血与火战斗的象征，是一种"我自岿然不动"的坚强意志写照，是"敌军宵遁"的胜利象征。如今，黄洋界上的青松在战斗的洗礼中重生，以迎客松的姿态，昂扬地挺拔于当年"炮声隆"的泥土岩石之间，迎风傲霜。诗人笔名为一鹰，雄鹰翱翔天空，以执着与坚韧，将黄洋界精神传向祖国的四面八方。我相信，在不久的将来，诗人会像雄鹰一样，展翅高飞，飞得更高更远！

是为序！

2019年6月21日于宁夏六盘山

作者简介：火仲舫，笔名钟声、钟之声。中共党员。出生于宁夏西吉县将台堡。原宁夏作家协会副主席，中国作家协会会员，中国戏剧家协会会员，中国戏剧文学学会会员，宁夏固原市文联原主席兼《六盘山》杂志主编，宁夏文学院、《长篇小说》杂志签约作家。创作出版有《花旦》《土堡风云》《柳毅传奇》《浪子吟》《大河东流》《凤凰泉》《黄土情》《西吉风景线》《飞翔的情绪》《奔放的旅程》《诗意人生》《超越梦想》《"花旦"论》《红星照耀将台堡》等作品；创作有《西夏殇》《中国人在美国》《花儿常开》《花脸》《牛》等作品（尚在编辑出版之中），文学创作涉及面广，数量颇丰。其中秦腔电视剧《三姊妹》获第二届"中国人口文化奖"。近80万字的多卷本长篇小说《花旦》影响深远，被誉为"大西北民俗宝库""宁夏的《白鹿原》""西部近现代乡村缩影""表现秦腔的扛鼎之作"。获第三届海内外华语文学创作最佳影视小说奖。

曾荣获宁夏首届宣传思想工作先进个人、宁夏第二届优秀新闻工作者、宁夏优秀文艺工作者、固原市宣传思想工作先进个人等荣誉。其创作业绩收录于《世界名人录》。

自序

天高云淡，风轻月明。

慢慢，走过千年、万年，此生，只为缔结一份情缘。

为何衣裙飘袂，远去的背影，我能否把酸涩的目光，揉进风中？寄语于月？今夕，只为化茧成蝶，比翼双飞。

鸟从我的天空掠过，飘曳一片羽毛，随风渐入夜，似梦非梦，平添几多忧愁、几分欢笑。

曾记否？你是天上的一片云，偶尔投入我的湖心，圈圈波澜，化作一生的念想，百般辗转，为伊消得人憔悴，我愿作一支九孔铜管，风中，只为日夜把你低吟呜咽。

飞星传恨的深夜，你可知道，羽毛载一曲《太想念》：毛羽镌刻啼血的字眼，只愿千里迢迢暗渡。

今夕，在佛前，我愿化作一盏灯，只为把你我五百年前的情缘照亮；化作一缕缕轻风，只为带着我的温度，带着炽热渴念，轻轻吹送——

是否知晓？是否心有灵犀？自古多情化作离恨怨。

月光似水的夜，独倚窗前，只为静静地守候，静静等待那声清脆的雁鸣。

谁能告诉我？风轻轻吹拂树叶，那是风对树的轻轻诉说；星星眨巴着眼睛，那是星星对月亮的渴慕；柳枝轻拂水面，那是柳枝对水的依偎——

　　一只秋虫，轻轻地低吟浅唱，今夜不为别的，只愿永恒的神话，注入新鲜的话题。

　　百无聊赖，轻合书页，来回踱步，低头颂吟。你曾轻轻地对我说：两情若是久长时。又谁知：此情绵绵无绝期。

　　今夜，愿一曲天籁之音《鸿雁》将你我拉近；愿梦的翅膀，寻找天荒地老的码头，续一曲千年遗恨的恋歌；你在梦之河，我在梦之缘，只愿把蝴蝶与传说折叠成集，添上一双飞翔的翅膀，化作诗集《云与水》。

目录

CONTENTS

第三辑　家国情怀

第四辑 云与水

第一辑

醉卧山水

我要带你去旅行

我想知道，飞上老爷庙的那只
是什么鸟
也想打听，吹过湖面的风
究竟来自何方

我燃放鞭炮，长跪鼋神前
愿它驮载着众生驶过"东方百慕大"
我打点行囊，捧一本佛经
千万遍诵念南无阿弥陀佛

我要把一条鱼一只龟放生
面朝着湖，造一栋小屋
种上些花草，让风吹吹
平淡地关心粮食与蔬菜

我要跟我的亲朋们通话
为所有人祝福
告诉我这里将要发生的一切
来此结一世尘缘
愿他们有着阳光般灿烂的笑容
活得比我更好更轻松

旅行人，我要告诉你
鄱阳湖多么富有自然的本真
有鸟有鱼有氧吧
天是湛蓝的
山水是碧绿的
这里的一切充满着神奇与幻想

注：鼋神，鄱阳湖大战，朱元璋曾落水遇难，被一
只巨龟救起，明朝建立后，朱元璋在多宝乡的
沙山上建老爷庙，塑造巨龟，封为鼋神。

归来吧，魂兮

——"翟山坑道"碑前的沉思

我不知道
这块石碑有多重
它曾承载着丰厚的历史
如今作为一种希望
一种精神的凝合
让人知道
这里
战争演变和平
定格一个民族的悲喜剧

炮弹曾从这里呼啸
也曾把一个民族推向浪尖风口
从此
也将从这里被海水淹没
乡愁不再成为无限的疼痛

宝岛好比有待雕琢的宝石
它不是孤家寡人的囊中财物
为了它，千万年
龙的传人薪火相传，抗争不止

凝望民族之魂浇凝的石像——郑成功
仿如海峡的一盏明灯

岛永远是龙的肢体、龙的器官
海峡好比龙跳动的血脉
船票是乡愁短暂的休憩地
谁不盼愿龙的五体健全

历史终归是民族的史实
不由当权者的个人得失
演绎"春秋战国"的故事

回归，这不是一个梦
正如我抚摸着坑道的岩壁
无论怎么分久必合、合久必分
两岸永远只有一个骄傲的先祖

我细细饮啜"八八坑道"的滋味
犹如琢磨着家乡的高粱酒
翟山坑道
这里曾上演着《红高粱》的故事
这里凝焙着颗颗滚烫的中国心

"路漫漫其修远兮
吾将上下而求索"
归来吧，魂兮
海峡终将天堑变通途

岛之梦

一

陆地把可怜的孩子投进海洋

犹如鸟蜕化了翅膀

从此再也不能飞翔

千万年

不知承受怎样的磨难

痴情地坚守

舔抚表面的疤痕

逼吐出暗藏的黑素

凝结一朵洁白的鸽子花

但每一阵风过

她都努力展翅

没有人知道

鸟心里多么地渴望

二

岛

默默静立

千万年的相思

凝结成岛

原是母亲不可分割的儿女
无论山呼海啸
还是沧海桑田
永远是母亲的牵挂

母亲，你为何沉睡、孱弱
野兽趁机撕咬你的肉体
子孙为你饮泪、抗争
热血化作天上的虹

乡愁是彻夜的疼痛
梦里多少回把你呼唤
回归吧，我心中的鸽子
母亲为你缔造福祉

醉游大明湖

是谁
惊扰你的酣梦
非蛙
非蛇

人应遵循
大自然的造化
煮一湖洁净
暖风
吹皱一泓湖蓝
好似一位温情的女子
不离不弃
惹人又怨又嗔
又恼又爱
世人独自庸扰

总爱看
天高云淡
总愿听
风平浪静

别惊醒
用心的语言
捂暖
用各自的眼
抚摸

趵突泉，不灭的魂

亘古跋涉
从猿进化成人
趵突泉
用独特的方式
一直
燃烧着
沸腾着
用不灭的魂
去讴歌
去倾诉
萦绕世人
一个
又一个梦

朝拜千佛山

匍匐圣地
千百遍诵念阿弥陀佛
身居仙山
倾听晨钟暮鼓
只因心中的愚钝执着
求佛根除尘念
背吟《圣经》
甘愿做苦行僧
凝集鹅羽
仰卧满天星辰

问舜帝为何躬耕
问佛因何修炼
问孔孟儒学今何推崇
问清照老舍之文风尚存
愿得比干引渡
因缘聚集千佛
只为人生正果
千万遍诵念
南无阿弥陀佛

封禅大典

从秦始皇走来
祈求天地
心驰骋几重天

试问三皇五帝
戏剧为何愈演愈烈

剧情由人民串联
众生才是最伟大的天神
如若凌驾生灵之上
剧场的大厦又将如何

试着给自己制造时机
舞台由自己决定
并不在于虚幻的空灵
封禅只不过给自己起步的台阶

机遇在于把握
在于天道酬勤地坚守

春天，我与你有个约会

冰碎裂湖面
梅花缀满腊月
迎春花在初春绽放
我知道
春天已把寒冬欢送

小鸟在树丛吟唱
蜜蜂在花蕊间流连
雨热闹了山间的溪水
春风吹绿了山川

春天，我与你有个约会
邀几位密友
醉卧于花丛
徜徉于山川湖畔
把春天的那壶绿
煮沸

总想花丛间寻探春意
总想寻找一处曲水流觞
总想河畔找回些深深的印迹

总想鸟叫里寻些甜蜜的梦

无奈春光稍纵即逝
忽如一夜桃红柳绿
梨花带雨
方知与春藕断丝连
用文字熬煮符号里的脊骨
孤独敲击着键盘

春天，我与你有个约会
约几个密友
与天地狂欢
让跳跃的音符
占据着生命里的主战场

黄洋界

黄洋界
让风轻轻地吹
让风轻轻地吹——

俯瞰起伏的山峦
心似林海的涛声
翻卷着
倾听着
那激烈的枪炮声
那催人奋进的号角声
似乎尚在回响——

当年战火焚毁的地方
如今树木丛生，百草丰茂
当年驻足歇息的村落
如今高楼林立，幸福祥和

黄洋界啊
号角吹响的地方
如今多少人来此凭吊
井冈儿女将中国梦唱响

伫立不灭的山峰
让风轻轻地吹
让风轻轻地吹

黄洋界上一棵松

有一种风景
让我魂萦梦绕
有一种情愫
令我难以释怀

那是四月的一天
杜鹃花把黄洋界装点一新
突见一棵鲜活的生命
挺拔于峭壁悬崖

松枝涌动着热浪
那是不灭的魂在延伸
战火曾经焚烧着躯体
大自然创造一种生命的奇迹

青松，我心中的迎客松
我深深地向您鞠躬
梦中，我亲切地把您呼唤
您是阅历沧桑的世纪老人
您是世人心中的映山红

我曾抚摸过嶙峋傲然的躯干
宛如烈士不朽的肤体
如今儿孙扎根于漫山遍岭
松涛是最美最豪迈的乐音

滚烫的红土地
春风曾无数次荡漾
迎客松
您热情躬迎远来的游客
如今
引领着井冈儿女
共筑新长征的世纪梦

不朽的碑石

仰望一块碑
犹如攀爬上一座山峰

土地是红色的
心亦是赤色的
魂是一缕活的地火
在燃烧
在沸腾
不灭的魂
化作漫山的"火焰"

黄洋界的炮声还在吗
碑文告诉我
我们热爱和平
如若再敢侵犯中华
再立一块碑
重刻上我的名字

白云缭绕着碑石
告诉世人
奥运的圣火从这里出发

带上红土地的心声
如果祖国需要我倒下
碑文请再刻上我的名字

伫立不朽的碑前
久久地仰望
心似翻卷的波浪——

八角楼的灯光

八角楼
看似多么普通
愈近愈觉温暖

这里点燃着油灯
这里有着伟岸的身影
彻夜不灭的灯光
似黑夜高擎的火把

如今人去楼空
八角楼的灯光依旧

谁在灯下凝思
是谁定下一轮乾坤
灯火犹如喷薄而出的红日
穿越雾霾
照耀后人
把革命的薪火世代传承

八角楼
看似那么普通
却总是那么温暖

"叠山路"之路

一条路
镌刻着丰厚的史实
耸立
似峭壁的山峰

眺望
高山仰止的路
一直
延伸着
让后来者
走下去
走下去——

穿越世俗的烟尘
众生粉墨登场——

雄关漫道
从小桥流水人家
从海的风口浪尖——
把一条路碾磨

日出

——泰山笔会有感

诵读杨朔的《泰山极顶》
腾起一种感觉
时光匆匆飞逝
唯有梦不曾停歇

无数次地翘首
沧海桑田的守望
浮云如梦
唯有泰山未老
东海常在

登泰山，观日出
时见云卷云舒
时见风轻云淡
玉皇顶的谒石与庙宇
帝王是否还在祈求

给自己一次理由
看一轮红日从东海喷薄而出

追鱼

养几尾金鱼
用精美的鱼缸
用上乘的饲饵
鱼似乎缺少些精气
怎么挑逗
了无情趣

趵突泉的水池
游弋着各色金鱼
让我想起旅游景点的围池
总觉得温顺、乖巧
非鱼之所愿
正如梅花虬曲为美

不远的五龙潭
鱼群自然潇洒、阵势宏大
无半点矫情羞涩
隐隐孕育着一种力量

草、茅庐、湖面
造就独特的性情
循着金鱼的踪迹
似乎尝出些滋味

梦之缘

八里湖，您
容纳多少人的梦
一个姑娘
忙着把梦收集
有山有水
有楼台庭院
也有长长的碑廊——

莫非庐山脚下的一幅山水画廊
莫非鄱阳湖畔的《清明上河图》
只因与八里湖有缘
用心织成绢
用血化成蝶
哪怕岁月消瘦
心永远鲜活

八里湖，世人痴心等待的梦
八里湖，众人为之奋斗的梦

磁山，神奇的屏峰

探寻磁山
犹如观赏一轴屏风
女娲手挽儿女
款款飘来
传说中的"石磨"
千万年
演绎着龙的传说

取一支笔
吟一首《游子吟》
问齐鲁大地
历代为何出将入相
莫非"阴主文化"的荫庇与滋养
似海潮一浪高过一浪

磁山，天上的一颗陨星
蝶化逶迤的屏峰
层叠的巉岩斑驳嶙峋
宛似母亲千万年的吻印
只要瞥一回
定会挂念一生一世

取一支笔
把一座山
绘制一卷折叠的屏风
传说中的女娲
从山中款款飘来

祈福，神奇的九寨

当我从梦境寻找一个童话
当我动情唱着《神奇的九寨》
当我坠入天堂般的仙境
当我们在皱褶寻找古生物化石

九寨沟，一个神奇的传说
让我追随多少日日夜夜
把您魂牵梦萦
还有
金丝猴，大熊猫
您曾把九州的爱遍洒全球

我在斑斓的仙境抚摸着季节的推移
我在湖水里捕捉您的色调与韵味
我凝望尖峭峻拔的伟岸
我喝着青稞酒吞吃海芋糍粑——
心神似一条游鱼
穿插玲珑剔透的湖水
虚虚幻幻，梦里梦外
坠落不可自拔的亢奋

九寨沟

您悄悄打开阿拉伯的藏宝箱

那孔雀的翎织就的羽衣

似火焰鎏金般喷涂

当我们在安康祥和的气氛里触摸您的身心

谁人知晓

一只万年不复之劫的黑鸟悄然降临

巨擘的双翼把九寨旋舞

山崩地裂，地动山摇

生灵在淫威的魔爪下喘息呻吟

火花海的湖水在呜咽中干涸

鹰爪洞壁观上的痕迹模糊蠕动

英勇的格萨尔王哟您在哪里

我们急切把您寻找呼唤

当我穿过时光的隧道

当我透过玻璃栈道窥视

我看到

龙在飞腾

我感到

龙的子孙的心在凝聚

一方有难，八方救援

格萨尔王子啊

最危险的地方无处不在

为了家园的幸福与安康

我们牵手一路挺过
汶川不哭，唐山不哭——
新疆，九寨沟哟
擦干眼泪挺起胸膛
把无限的悲痛深埋心中

第二辑

永恒的神话

湖堤

烟雨空蒙的三月，独自
踟蹰在悠长、悠长
又寂寥的湖堤
我希望重逢
一个杜鹃一样的
火一般热情的姑娘

撑着杜鹃一样的纸伞
套着杜鹃一样的筒裙
款款地轻步
悠游地从身旁滑过

她有如寒夜里的篝火
亲近又活跃
阳光富有气质
似雨洗过后的天空

她飘过
像梦一般地
像梦一般地亮丽与高挑
像梦中闪过的杜鹃

我身旁滑过的这个姑娘

多想甜梦里再现
怕是不敢惊扰
唯恐惊鸿似的一瞥
徒增失落与惆怅

似杜鹃一样飘然远去
徒然落下无奈
尾随着她的身影
彳亍寂寞的湖堤

缘于偶然的巧遇
明眸闪亮着清辉
清脆一样的谈吐
别具一格的束装
让我久久地
让我久久地不愿离去
只愿在这漫漫的长堤
守望着杜鹃一般的姑娘
在这多情的雨季
默默陪我把湖堤走完

三月，烟雨空蒙的湖堤
飘过云一样潇洒
有着杜鹃般的热情
活泼又靓丽

温柔富有气质
有如一道风景
扰乱我的心绪
让我在三月似烟的湖堤
把秋水望穿

鸿雁

风起了
飞鸟掠过天际
总是想
带走浓缩的光阴

似山
如水
也有海
湿地的印迹
恰似数不完的念珠

鸿雁
背负着重物
飞行
飞行

日子说有多长
就有多长
只待
那熟悉清越的雁鸣

独木桥的自白

如何让你遇见我
在我最为盼望的时刻

为这
佛前跪求了五百年
求神让我结一段尘缘
神把我化作独木桥
放在山间的小路
在你必经的地方

无论你无视走过
哪怕从不正眼相看
只奢求你的脚趾触及我的肌肤
身躯的颤动便是心的表露

当你靠近我裸卧的躯体
林中的鸟鸣
溪水的欢畅
山谷的回荡
化作我等待的热情

期盼的日子在孤独中延伸
我的躯干慢慢消瘦
或许哪天不再存在
你是否知道
断裂的心还是那么年经

风雪夜归人

黄昏野旷天低
风雪忽地骤起
倚窗独守孤灯
残酒难敌风寒
几度启扉
却道是素长黑褪

别时共把桂枝插
如今黄花堆砌
知否？知否？
堂前海棠依旧
忽闻吠声四起
只道他晚来风急

邂逅

通往布达拉宫的烟尘
邂逅雪域里最大的王
恍惚迷离的眼神
飘游于文字的金字塔

面对匍匐跪拜的信徒
转经筒转个不停
面对威严的佛祖
祈求内心最深的隐秘

披着袈裟诵经念佛
合手笃定一生的执念
这本不应是你的错
只为菩提树挂结的因果

今夜，我与你相遇
通往可行而不可企的隧道
仓央嘉措，为何
一路撒播切骨锥心的情种

谁说你与佛悖逆？
甘愿羽化夜莺歌唱

雨与雪

1

轻轻地
你来了
似一片轻盈的鹅羽
飘落冬季
似梦
非梦
你说：天很冷
我说：雪多么美
有雪的日子
天不会冷
你笑
像一朵绯红的云彩
融入雨的记忆深处

2

有些日子
雨试着问
雪用纤纤的手
指点银鳞似的雪

3

于是
雪融化成水
涨满风情的小河
宛如捧拥那朵凝如胭脂的桃花
雨说：雪多么白
雪说：别让一泓春水泛滥

4

雨说：雪多么洁白
让万物孕育一片生机
雪笑了
似四月的雨
涨满了春江
催熟一朵粉红的荷苞
慢慢地
在盛夏的阳光里开放
雨像暴涨的洪水
堤决了

5

荷花熟透了
雨轻轻采摘那朵绯红的云
雪承接阳光里的雨露

相约秋季
结成一颗白白的莲子
如雪，似雨

6

褪去层层污泥
似一截雪也似的藕
在雨的日子里拥有
雨说：这是雪后的春季
雪说：这是雨中的雪

7

无数次
该是多少个日子
重复一个故事
雪问：曾记否
雨说：有雪的日子很温暖

8

轻轻地
你来了
似一片雪
带来了无数朵云彩——

相约七夕

问世间情为何物
却道相约七夕
彻夜里的两颗星
千里迢迢暗渡

莫非朝朝暮暮
凝神把你远眺
唯有无期的别离
让世人徒增烦恼庸扰

捻一片叶
抚一束花
吟一首诗
今夜在何处？

多想是一只神鸟
多想是一片云
在这缠绵的夜晚
驰骋于无疆的太空

那一刻

那一刻
落日里的驿站
明眸里的清辉
注入湖心
顺着浅浅的湖床
且行且吟

那一日
探寻溪的源头
泉水滋润着小溪
风轻轻拂动
泛起圈圈涟漪

那一月
风呼唤着波浪
化作梦的虹
你在梦的那头
我在梦的这头
你从虹桥款款飘来

那一年
雨后的夜空
漾起满天的星辉
你宛如一只信鸽
轻轻落在我湖中的轻舟

那一春
你似一朵洁白的百合
开在我荒芜的山谷
我一路走来
一路欣赏

那一夏
月光里的清辉
漫过湖的柔波
青荇里的芙蓉
悠悠在我的水中招摇

那一秋
落日里的惆怅
化作一帘幽情
只为一湖秋水
我愿把你望穿

那一冬
旷野的迷蒙
雪花恣意飘落

净化后的淤泥
落下两行清澈的印迹

那一世
为你灯光里相守
河水涨满又宣泄
轻轻融入波光
只为那一池荷塘
柳絮年年飘飞

知音

高山飘送韵律
和着风雅的素笺
涂鸦无数个音符
你醉了
我醉了

醉在三月的流水曲觞
醉在七月的芙蓉
醉在十月满地的金黄
醉在冬雪的梅花三弄

暖一壶酒
添一杯茶
你我各自品饮
只因五百年前的因缘
调试一架古筝
奏你的曲
和我的心韵

无论身在何处
斧砍刀削不断的弦

冥冥之中将时空衔接
无须什么茶
无论什么酒
你我的山谷间回响

七夕

月亮里的嫦娥
玉兔是否还在陪伴
还有闪烁的寒星
是否暗渡银河

寻找风中的信铃
也许是错误

愿意是匹骆驼
驮你走出沙漠
为着信约
哪怕倒下
默默为你饮下毒液

舔尝残存的泪痕
蜜蜂掠过花蕊
生命似草般脆弱
灵壳里的飞魂
飘浮天宇
痴等天河接轨
叶轻吻朝露

窗外

三月的雨丝
带走寒意
从你的额角
滑入掌心
伴着泥土的呢喃
惊乍起
涨满一池湖绿
任凭柳叶怎地把春风裁剪
也难把惆怅消遣

花醉卧绿丛
饱啜春的乳汁
温情漫过湖堤
来到五月的窗前
雨挽留一天又一天
消瘦了岁月
不知不觉
杨梅早已熟透
春的韵味尚存于唇齿

窗外，一棵树
坚守着无言的承诺

黄昏

——又话"金菊"

黄昏的广场
金菊与夕阳争辉
金色的边沿
镶嵌岁月的辙痕
闪烁迷离的光晕
在长河里浮光跃金

风吹拂着
合着飞扬的岁月
让时光重合金黄的花蕊
灿烂的光辉照耀那轮金色
保持那份纯真与新奇

并蒂莲

不问粉荷如何娇艳
不问梅是否绽露
荷叶似伞
撑起一片绿荫

水静静流逝
鱼儿嬉戏游乐
粉红的花沾露承阳
莲蓬静静享受爱的抚摸

月光轻拨花的琴弦
弹奏和谐优美的小夜曲

莲蓬裂开青涩的果
莲子圆润饱满
荷叶却在时光中老去
唯有黑泥里
尚保持着一生的高洁

两棵树

两棵树
拥抱
撑起一片绿荫
鸟跳跃枝叶间
热闹了人间的四月

蜜蜂与你亲吻
蝴蝶与你共舞
用我的专注
你的热情
深深植入这片热土

你蜜也似的乳峰
成熟一个多情的雨季
我多么渴求你的垂怜
在这恼人的梅雨
别让我孤独
为你默默饮泣

夏季的暖风抚摸你的胴体
醉倒金色的十月

冬日的寒风刺伤你的身心
你学会了我的坚强
朔风中相对静默
把枯黄的过去深埋

你我冰雪里相扶
用各自绿
将生命中的春天装点
在这多情的雨季
挂满蜜也似的甜果

柳韵

三月的湖堤
插一枝柳
烟雨里的绰约
宛似一缕轻烟

鹅黄的黛眉
裁剪二月的风寒
夏日的风情
让秋之韵
徘徊水中央

多想是条游鱼
徜徉你的浓荫
剪一脉柔情
化作一生一世的念想

风一次次拂过
又一次次与湖默契
长长的柔姿
飘曳曲曲缕缕的风韵

邀星星做伴
让鱼儿痴迷
也曾让月亮羞怩

烟云迷蒙的三月
曾经植入湖堤
袅娜绰约的杨柳
吹皱一池春水

我愿意

我愿意是骆驼
闯入茫茫的沙漠
哪怕被沙尘暴淹没
只要有绿洲
点缀无名的花朵

我愿意是水井
依偎着池塘
只待涨满了春水
井水才有滋味

我愿意是艘小船
停靠你的湖心
无论湖面怎么变化
愿意在波心里流浪

我愿意是位勇士
攀缘陡峭的壁垒
哪怕跌落
也要一次次渴望
撷取峰顶那枝百合

我愿意是星星
在无边的天宇
在漆黑的长夜
陪伴着月亮盈满

第三辑

家国情怀

致木棉树

想你，无数次的萦回梦绕
爱你，三月里的绚丽烂漫
读你，风霜剑雨中的傲骨
木棉树，我心中的树
无论你屹立于祖国边陲
还是默默伫立我们身边——
都将保持
凛然正义，永不褪色
似大海里的明灯
天上的虹

如果你愿意
我愿是你枝上的一朵木棉
但不似攀枝花般依附
似你般
在春天的暖流来临之前
度过一段寒冷彻骨的时光
保持一个完整的自我
寂寞地开着
开出生命中最炫美的花朵

如果你愿意
我愿是你花絮里的一粒籽
即使不能成为你的一员
也将努力做一棵树、一棵草
默默陪你
吮吸阳光雨露
向着生命的高度
奋力向上伸展
伸展
再伸展

木棉树，我心中的木棉树
你用火一般的情爱
交织成最亲密无间的簇拥
哪怕枯萎，也会
从容扑入脚下的土地
你是林中风口浪尖的楷模
但愿你陪我度过平凡的一生
从而，见证你
年复一年的辉煌与伟大

解构

把一门"炮"拆卸
犹如去掉它的偏旁
先关注"火"
必先关心火源
让大地多一些葱绿
让人间减少些灾难
再利用火
褪去"野味"
把彼此的怨怼
转化理解与包容
将嫉妒、自私的贪念
理智地埋葬
再把"包"植入"爱"的国度
将火药替换成七彩的焰火
将炮的零部件
锻造成耕种的农机和容具
用它储蓄爱的圣火与粮食
从此，让这个世界
没有杀戮、孤独、寒冷与饥饿

问佛

今夜
在佛前
化作一盏灯
千百遍祈求
给我一束灵光
寻求五百年前
结下的善缘

于是
佛引领我
灯芯处
闪现一尊活佛
让我不再忧伤迷茫

霜一般的银丝
海一样双眸
挺着佝偻的身子
默默地将我注视

今夜，在佛前
为你化作一盏灯

与木鱼为伴
寻求真谛
面对颤抖的灵魂
一生超度

父亲的木犁

老屋的墙上
悬挂着一张木犁
随着父亲故去
犁头早已锈迹

父亲确乎老了
弯躬似犁身
生前最后的那个春天
掮着几乎与他等高的木犁
犁完了生命里那片田地

我是父亲唱响天地时降生
他本有份心爱的天地
只因姊妹匆匆来到人世
忍痛割爱
为着家
只得从头学起
几十年如一日
无怨无悔
黑发犁成满头银丝
炉火纯青地驾驭

如闭着眼拨弄算盘
准确、麻利地打完九归

把日月星辰犁平
把山川田地唱响
把蹉跎岁月弯成犁弓
把家犁出紫气东来、幸福安康

渐渐地，我们大了
陆续逃离那片犁平的田地
父亲也曾试着把木犁悬挂墙上
但怎么也放不下
有如随岁月定型的木犁

磨光了眨眼的星星
汗淫浸了犁把
打从我们入世
直至他安详离去
父亲像头驮犁的牛
熟烂的吆喝总也挥之不去

父亲犁平了那片饱浸汗水的田地
根深蒂固地撒播了种子
方至生前最后的那个春天
抱着一份希望、一份执着
从而无怨无艾
面含微笑终老

墙壁那张弯弓的犁
总也挥抹不去
磨亮了岁月的光华
却永远那么锋利

家乡的苦楝树

那些单调的日子
苦楝树，对你有了依赖与敬畏
无论土地多么贫瘠
只要有土
便能顽强地生存
孤独、善良、卑微
承载着摧残与数落
哪怕日子苦到骨髓
用微笑面对
终日期盼
缀满粉紫色的花
热闹了春夏的更替

蝴蝶来了又飞去
蜜蜂偶尔光顾
快乐在你那里
痛苦也在你那里
啜饮一剂苦涩的思念
等待收获的季节
然而
所有的苦将快乐淹没

无声的刀游刃你的肌体

苦楝子与你不离不弃

化作你的希望

羽化一尊清凉的活佛

冬天的日子年复一年

你的秉性愈加坚实粗壮

做过松柏的梦

曾羡慕樟树的伟岸

也曾惊羡桃树的灿烂绚丽

苦楝树，你却质朴无华

慈悲与善良

贫苦了一生

奉献了一世

你却在孤独中老去

路

——读懂路遥

从跨出第一步
你不停歇奔跑
无论路多么艰难遥远
总想缩短距离
让世人惊羡
从此
我的脑海根植一个名字
沿着《人生》追寻

人生的路平凡而坎坷
有阳光也有风雨
为着心中信念
无怨无悔
为伊消得人憔悴
默默地
把孤独寂寞的路走穿

都说文人是天下寒士
谁不盼愿苦尽甘来
你从羞涩与困顿一路走来
始终持有豁达的情怀

水底无不暗藏着漩涡
你在河流中打捞沉淀
《平凡的世界》并非平凡
你却过着平凡的日子
平凡得为你嗟叹

时光匆匆而又蹉跎
长河里闪耀着你的浪花
你淡定恬静地走过
短短的四十二个春秋
犹如太空划过的一颗流星
也许你走过的路不算太长
文坛却因您的短暂空留一份遗憾
你却把光芒驻留太空
让世人仰望

"乞丐"

匍匐滑车
似"狗"一样
却没有狗活得潇洒

一路悲歌
车辙在艰难地延伸
眼前的破盆
仅有几枚硬币
投来的却是
鄙夷的毒液
与同情的悲悯
将他湮没

也曾有过健全的肢体
也曾做过常人的梦
却因丐帮的"杰作"
从此
改写了命运

不在乎世人如何看重
而是多么渴求

人世间
人世间
再也没有恶魔
制造似他一般"精品"

母亲的版图

母亲的心中有幅版图
丈夫是版图的首都
黄河、长江、万里长城
还有心中喜马拉雅山的巅峰

哪怕相隔万山千水
水的柔情、山的凝脂
千回百转缠绕着大陆
用太阳的经脉
串联千万层熔岩
用月的纬弦
弹奏和风丽日的妙曲

母亲未进过一天学堂
却知道天与地的分量

大圈代表国家
小圆即为小家
不管轨道怎么运转
每次的相交
都是心与心的水乳交融

母亲指着树的截面
无论怎么高大挺拔
树纹多么密集
心永远环绕中央

天际里的星星、月亮
只有感受太阳的反射
星星才能添辉
月亮才有盈圆

我曾试着远离版图
但终究逃不脱母亲的经纬
母亲孱弱的双臂
成为我一生向上的阶梯

那山那海

山，巍峨峻拔
突兀眼前
煎熬无数不眠的渴念
不知疲倦
幻化神奇的风景

抚摸嶙峋的肌肤
风雨中茁壮成林
只为石笋
刻下岁月的浮雕

也曾用树造船
也曾用石营造温馨的巢

海，总是那么深沉
容纳无数河流
任凭怎么挣扎
终究逃不过白头翁

我愿化作一条鱼
游弋海的深处

无论停泊哪处港湾
终究蜕化不了海的滋味

不做羽化的候鸟
只愿化作海鸥

海潮是生命的汛期
风吹送海的强音
宁愿海中淹没
化作深切的祝福

那山那海
我愿是您深处的那一缕忠魂

活佛

佛前
千百次祈求
愿佛
引导一条向善的路

于是，佛引领到长明灯
映出瘦骨嶙峋的古井
不甘的眼
汩汩渗出渴念

我喝着井水长大
因为有井
灵魂不再忧郁孤独
却因生活的贪念
离她远去
井水却在日子里渐渐熬于
佛堂灯光跳跃的一刹那
我看到一尊活佛

清明祭

隔壁的杨姐
守寡中年
拉扯大儿女
落下半身不遂
儿子接外地生活
心里挺惦念
今年清明相逢
她禁不住对我说
"六年啦！
身体不争气
每年的清明
只能遥对老伴"

女儿让她歇息
却放不下老伴最爱吃的米粑
清明走的那年
他从外面回家
一口气咽食十几只
隔天竟阴阳两隔

米粑揉捏几百次

捏出一种味道
回来手缠纱布
儿子责怨
坟地滴落朵朵鲜花

时隔一年
清明又与她交谈
她说在生不过几载
不想落下"冤家"

父亲的劳动节

父亲有过梦
一个付诸实施的梦
为了家的生计
为了眷顾孱弱的奶奶
折叠翅羽
一辈子交付生养的土地
直至
我参加了工作
父亲说
找回了自己

父亲老了
他一生割舍不了土地
背犹如岁月的弧线
劳动节定格生命的始终

父亲的劳动节
本该属于他的青年时代
谁知，一别
竟成永恒

父亲说
也该过一回
闲着似囚禁的鸟
老屋田地犹如他的一片山林
离开两天
父亲好比十年八载
只要再熬过两日
也本该补回一生早该过的劳动节

痛哉！只因在生少相聚

——闻同窗罹难泣言

一夜无眠
归无计
眼前黑蝴蝶翻飞
似不灭的魂
痛哉
鄱阳湖畔道相会
却道痛失交臂
化一缕英灵
恍惚
是与不是

同窗数载
执手相怜相惜
二十年有约
三十载重逢
相送叮嘱
三年五载再碰盏

又难知
天堂路远
相会无期

只得梦中追忆

黑炭染就书生气
与民为官
一生清贫
与沉疴糟糠相依不弃

只恨人生苦短
命数天定
痛哉，横遭飞祸
恨哉，只怨在生少相聚

我们共拥一个名字叫同学

我们曾经拥有一个天宇
我们曾经拥有一棵大树
我们曾经是一群快乐的鸟
学唱同一首歌
怀着不同的梦
朝着各自的方向
不停歇地展翅奋飞

大树的新芽绿过一回又一回
蹚过了多少个三百六十五里路
重合了多少个起点与终点
无论飞得多高
无论离得多远
心中永远有一棵大树
总是那么高大，富有魅力

曾记否
那帧泛黄的照片缩短你我的距离
重逢时
握手言欢
话题离不开大树

一杯酒
圆了同窗的情长梦思
一杯酒
还了同学前世今生的情缘

似醇酒经久浓香
如水般日日夜夜川流不息
飞鸟永远怀恋那棵大树
大树曾有一个名字叫同学

天上的虹桥

——SMA包珍妮有感

这是一个
连常人都难扛住的病魔
却降落于小小的女孩
小小的女孩，SMA包珍妮
医生曾"宣判"活不过四岁
你却用梦
一路闯关
一路构筑虹桥

啊！这不是梦
这是意志构建的桥
有着钢筋铁骨般的框架
海灯法师的一阳指支撑仅数小时
你却用梦支撑病体一年、十年——
给世人撑开一片遐思的天地

这该有多大的理念与力量
一个柔弱
一个随风而去的小小女孩
不是天上的神
却有神在召唤

SMA包珍妮，小小的女孩
你忍受着千万只病虫的吞噬
为了筑虹桥
苦苦支撑
默默地从少儿走向青年——
你是人间四月天

茧

一团滚动的地火
随着我的祖先我的父亲一起埋葬
我咬断根根茧丝
接近光，靠近火
哪怕被火焚烧

从"茧"进化而来
无不每时每刻叛逆逃离
试着用办法软化
每前行一步
都会有疼的痛感

我知道
我的今生我的子孙无法逃离
只能面对、改良
不久的将来
我会延续着我的先辈
茧和我一同消失

经与纬

蜡笔
涂鸦母亲的容貌
衣针
缝织密密的皱纹
铅笔
勾勒岁月的恋情
油灯
袅袅腾起诉不尽的艰辛
血与脉的经纬
似地图
用心的比例尺丈量
我在母亲心里头
母亲却在我的记忆里

随着岁月的淡黄
远离母亲
淡看片片秋叶飘落
感悟浮云忽悠
顿觉
母亲悬挂心的那头
我被捆绑这头

生活是一本厚厚的书
思念是窄窄的书签
慢慢挪动
方知书的分量很重
我与母亲隔着一堆黄土
母亲睡在里头
我立在外头

五月河

五月河
亘古悠长
涨漫的水
一浪接一浪
一泻千年万年

菖蒲告诉些什么
艾草诉说些什么
难道
仅仅怀念一个不死的老人
缠绵悲壮哀怨

撑一支长篙
引百舸争流
把《九歌》舞得风生水起
《天问》将民族的魂雕琢得炉火纯青

不要问我从哪里来
我只不过五月河的一滴水
把不死的魂薪火相传

五月河
承载千年万年
一个不死的歌者
慷慨悲吟
"路漫漫其修远兮
吾将上下而求索"
似潮
一浪盖过一浪

"五·一"的纠结

——"五·一"劳模评选有感

"五·一"
父辈似牛般耕种
谆谆告诫
"劳动光荣"
偶得光环
卑谦如谷子

"五·一"
总见人
顶着光环
隔时
取出晾晒
叠成阶梯
唯恐在雨季发霉

现今的"五·一"
天空
晒出许多的名片
沐浴一场春风
滚过无数春雷
"五·一"的七彩虹
是否
依然如故

五月，一个诗人的梦

五月，涨起了蛙的潮水
翻卷着泡沫
梅熟时节
涨满诗人宣泄的河流

一片叶，一束花
撩起诗人的绿肥红瘦
一场雨，一轮月
得以升华与暗渡

雨巷尽头的梧桐
有蜜蜂，也有蝴蝶
鸟与蝉的啼鸣
似乎把歌者的天空爆满

无丝竹之乱耳
无案牍之劳形
煮一壶文字
让五月的天宇
溅起满天的星辰
让涨满春情的梅雨

缠绵悱恻

风轻轻地拂起柳絮
轻撩诗人的长梦

童年的吟唱

一

摇呀摇
荡到外婆桥
梦里的摇篮像艘船
飞呀飞呀到天上
咱娘好比七仙女
俺爹醉如美关公

摇呀摇
摇到外婆桥
花儿朵朵向阳开
雨露滋润禾苗长
习主席铺设中国梦
娃儿心向共产党

摇呀摇
摇到外婆桥
梦里娃是读书郎
梦中宝宝是男子汉
摇篮好像是舰船
载着宝宝守南疆

载着宝宝守南疆——

二

天上的星星亮晶晶
共产党好比北斗星
学好文化跟党走
誓做革命的螺丝钉

天上月亮圆又圆
幸福生活似蜜糖
源头活水哪里来
全靠党的好政策

太阳一出闪金光
祖国好比一艘船
同舟共济共命运
齐心共绣中国梦

八一礼赞

无论岁月有无硝烟

军民情犹如鱼水

血肉之躯垒筑的长城

那是军人之魂

谱写曲曲生命的颂歌

九八年的洪水

混合着战士的汗水

无论战士倒下

还是永远倒下

无愧于威风凛然的军装

红星闪闪

多少人神往

红星灿灿

让多么人前赴后继

你是祖国边陲的一棵树

你愿做海面的一只海鸥

你甘愿做祖国的一颗螺丝钉

随时听从党的召唤

用生命的海螺

吹奏出强烈浑厚的号声

有人说你傻
傻得让人敬仰
有人道你蠢
蠢得像棵树
无论怎样日晒雨淋
为了祖国每一寸土地
为了人民的幸福安康
甘愿浑身碎骨
军人的形象永远似珠穆朗玛峰

也许我倒下
不再爬起
也许我孤独
心中却永远拥有祖国
为了托起祖国的太阳
无怨无悔
把满腔的青春热血
熔铸光荣灿烂的节日

勿忘国耻

尖利的警报
刺穿天空
九·一八，国耻日
为何国人还这般麻木

活在同一个国度
有的人太过优裕
沉湎于声色犬马、歌舞升平
有的人太过于困苦
为生计行色匆匆、日夜忙碌
置警报的喧嚣于身外
我行我素

怎能忘，九·一八
一个灰暗的日子
中华儿女的心情为何这般凝重
发奋图强，敢于担当
惨烈的历史教训
国人时刻保持清醒

九·一八，尖利的啸声
刺穿寂寞的苍穹

乡愁，永远的疼痛

——缅怀诗人余光中

魂魄飘过海湾
轨迹植入骨髓
邮票宛如只只信鸟
窄窄的船票化作彩蝶
道不尽的滋味
永远是心头的疼痛

从《乡愁》游弋出来
试着穿越海湾
许一条长虹
多想是心中的桥

撑一支长竿
在长河中漫行
用一支短笛
抚慰心中的百结

你走了
也许不再疼痛
活着的魂
时时把世人煎熬与呼唤

你的疼就是我们的疼
你的痛即是后人的痛
筑一座虹桥
圆就龙的图腾

寻梦

——纪念孔子诞辰2568年

撑一支长篙
从竹牍的河里驶来
溅起的浪花
把岁月引渡

在浪花里前行
在河床中圆就
数着滑过的竹牍
泛起满天的星辰

是谁浪花里唱响
是谁手敲竹简吟唱古风韵律
是谁续梦共聚圣人故里
是谁将儒学颂扬推崇

诵读千百回的竹牍祭文
2568朵浪花再一度庄严隆重
泱泱大国广邀天下佳宾
共襄盛事筑同一个梦

撑一支长篙

从河流里走来
掬捧朵朵浪花
圆就世代览圣迹之夙愿

为何"愁"字了得

——读李白《秋浦歌》

都说斗酒三千
独把山水
醉在乾坤

落日咫尺可摘
江陵一日可还
为何因一时失意
绾一束华发
撕缚千年万载

后人轻轻绾起
拈捻千万缕丝
明镜尚有您的影子
缘何把一时的伤感
遗落于《秋浦歌》

天生我材必有用
淡泊明志的镜湖
诗人为何"愁"字了得

生命的河流
——写于同窗相聚三十年

假如梦想遇到现实

刻骨铭心的事有过几回

我从梦里游弋

依稀记得

清晰忆起

恍如昨日行走的路

醒时泪水濡湿的衣

曾记否

曾记否

秉烛攻读的时光

如今，天各一方

但永如母亲留给的胎记

无论岁月怎样尘封

我们时常裸露着

裸露着

似母体般吮吸养分

不可缺少的胎脐

也许，我们相聚的日子不算很长

各自化作条条溪流

清澈的溪水日夜流淌

潺潺溶汇河床

我们裸身徜徉河流
感知水的温存
浪的脉搏
即使相聚短暂
定会定格浪花的瞬间

情感像浪花中的涟漪
偶然的触碰浮起绵绵的芳香
终于等到
等到春风拂过河面
方知生命
生命的浪花如潮汛般涌起

偶然一次信息的脉冲
惊喜的柳芽如遇春风
河流孕育绿的嫩枝
似常青藤般缠绕

一位先知来到河边
掷下石子
告知流淌的溪水
我们如蹒跚学步的孩子
潜入群聊QQ
彻夜互通渴望的信息

当年，无忧无虑的读书郎
心怀天下的抱负
如今，各拥一份天地
天生我材，尽情耕耘
沧桑的额缀满玛瑙的花环

一份责任
一份情怀
一份担当
我们成熟了
熟透如紫色的酱果
只待时间的考验
岁月的点缀
珍惜呵护每秒每分每天
那是生命赋予我们的义务
每时每月每年总想给自己颁奖
无悔上天恩赐的岁月

只要生活过得幸福、质朴、丰满
哪怕仅一碗米饭
一棵青菜，几根萝卜
只要一生平平安安、无病无碍
哪怕一句
儿孙的祝福
亲友知冷知热的问候
即是生存至上的理由

论列宁雕像的倒下

曾经支撑着一个民族
多少人敬慕
多少人朝拜
为了虔诚
毕生追随信奉

由于历史的断层
被人渐渐淡忘
竟然悲哀地套上绳索
雕像轰然倒塌

假如不是民族的形象
又何必矗立
这难道是先人之过
还是国魂的失落

透过时光的铜镜
是非功过难道转头空
青山依旧在
几度夕阳红

龙的构图

——喜闻深港澳大桥竣工有感

宏愿
一个跨历史的宏愿
一个举世瞩目的宏愿

穿越五千年的铜镜
几度风雨
几度烟尘
几经浮沉
几经支离破碎——

雄鸡高唱《国歌》
构筑宏伟蓝图
南海岛链
一带一路——
时今
一条弧线
似多少代的夙愿
抚慰千万年的疼痛与饥渴
让曾经屈辱的龙
昂扬

桥，千万年的根
似精准的弧线
似时代优美的音符
让豪迈澎湃的血性
延伸
延伸
再延伸
将祖国的颗颗明珠穿起
从此
龙的胴体永远得以健全

宏愿
一个跨历史的宏愿
一个举世瞩目的宏愿

午月飞絮

午月，一个躁动的五月
午月，一个涨满春水的五月
午月，一个充满爱心的五月
午月，一个激情飞扬的五月

每当河水沸腾的时候
每当湖水涨满春情的时候
亲朋们！是否记得？
每年的午月初五
孩子用红水染过的丝袋
装着红色的鸡子
脸蛋涂抹雄黄
看大人屋前屋后洒泼
看大人门上悬挂菖蒲和艾草
妇娘聚在一起
欢歌笑语地包卷粽子
蒸着香喷喷的馒子、米糕
是否告诉孩子
端午节怎么由来的

"路漫漫其修远兮

吾将上下而求索"
每当吟诵豪迈的诗句
我的心啊飞扬到悲壮的年月
伍子胥因夫差自刎投江
屈原殉葬忠爱的楚国
每年的龙舟赛啊
来源于保护诗人屈原
现在人所做的一切
只不过续古沿今

你看众人热热闹闹欢度端午
也只不过惜物敬天地而已
端午的岁月
不知温热了多少寡白苍凉的日子
留下的只是欢欢寞寞的人生碎片

为了不让鱼儿吞食溺水的亡灵
人们总想着法子加以保护
悲壮的午月难道仅仅为了屈原
不仅是,每当走进午月
人去楼空,老人陪着孩子念书
昔年的欢乐不知溜到哪里去了

那时吵着父母要蛋要粑
如今,再累再辛苦
也要把沉重的石磨推个旋旋转转
抚摸孙子想着远方的子女

心里祈求一个愿望
搂抱孙儿似是自言自语的回忆

昔年的午月多么流行
青壮年养精蓄锐
等待一场空前的赛事幸临
端午节，湖两岸人山人海
十里八村的人赶集似的蜂拥
人们挨挤着探头观看
龙舟赛百脚虫似的向湖面唰唰飞驰
渐渐地成线又成红红的蝌蚪
半小时后，龙舟蟒蛇般冲来
鼓声消歇，湖畔欢呼雀跃
大家谈论着龙舟赛划得顺心
往后的日子必将过得天从人遂

端午节的路上人流如潮
后生、妹子、新媳妇一路欢歌笑语
偶尔间杂年事已高的老头
或扣褡襟的大娘婆姨
更多是挑鸡担鸭的男人
纷纷赶去赴一场五月的盛会

如今偶尔也共襄赛事
五月里也烘暖一盆艾叶水
还有粽子与馒头
这些本是端午绕不过的食物

也许端午的味道渐已淡薄
几千年的传统照旧一直传承
正因为是一个悲壮的爱国心节日
炎黄子孙怎么也不会忘却
中华民族的富兴、崛起
靠着千千万万人的探索奋斗

午月，一个躁动的五月
午月，一个激情飞场的五月
午月，一个涨满春水的五月
午月，一个充满爱心的五月

假如历史能够重演

——包公墓前的沉思

总想插上金色的翅膀
梦缘于家乡鼓书《三侠五义》
少时，我崇拜英雄打抱不平
更痴迷包公断案，天下为公

后来，书中的英雄渐渐淡化
包拯赶考的念头愈演愈浓
《少年包青天》看了一次又一次
梦想名扬天下，无愧于心

时今，伫立包公墓前
神情何等凝重、肃穆与庄严
包拯啊，假如历史能够重演
《铡美案》现该如何结案
也许陈驸马不会心甘口服
也许认为冤死于根深蒂固的清规戒律
《怒弹国丈》，圆目睁睁
《打龙袍》演绎了一代又一代——
您不畏皇权，敢于铮铮直言
秉公执法感动代代后人

谁说您是冷面无情的动物
包公赔情，十年弃官尽孝
还有不爱乌纱只爱民
假如人间有割舍
恨斩爱侄只为世间无疆的大爱

有人说您是块冰冷的黑炭
只要燃烧，便是一炉烈火
如今，耸立世人面前是堆黄土
但在游客的心中
永远是高不可攀的山峰

世情在您面前渺小
渺小得六亲不认
世间在您面前
犹如浩瀚的大海
汹涌的巨浪容纳心胸
无悔无艾，宠辱不惊

法律的天平在您面前一视同仁
人无完人，金无足赤
您为何区分龙虎狗头铡
才让英名注入一丝瑕疵

您敏捷、闻达的才智
让公孙策臣服
您公正无私、高风亮节的气度

让四品御猫追随左右

您撼人的义举

让王朝、马汉前面开路

您舍命救人的壮举

让张龙、赵虎甘愿做马后走卒

有人说您是文曲星比干下凡

日判阳，夜断阴

我想您只是不甘平庸的世人

为查案绞尽脑汁、夜不能寐

多么希望人世间有无数铁面无私的包拯

奋起荡涤尘世一切浊流污泥

假若您尚活在人世

也许看透世俗一切低劣的行径

生前劳苦功高、忙忙碌碌

天堂本该安享清福

瞻仰本是对您崇拜、学习

世间低俗的贪念

让您如此不得安宁

在生廉洁无私、英名一世

天堂之中

您也不愿世人这般如此

当我静静地把您仰望

当我缓缓挪动滞重的步履

心似乎被您的形象裹住
神思被您牵系不能左旁右骛

也许您的英名壮举让我望尘莫及
但多么希望左右着我的思想
人生短暂，匆匆如惊鸿一瞥
但愿了无遗憾地终老而去

第四辑

云与水

炉中铁

面对熊熊的烈焰
大声呐喊
我要燃烧生命
我要化作精灵

一次次的煎熬
千百次的锻打
舔去疼痛与忧伤
方可褪去尘渣
百折不挠
任其弯曲延伸平展——

铁砧曾为孕床
铁锤积聚着力量
生命的形象
来自千锤百炼
只有经过一次次升华
方能显露生命中的锋芒

何意百炼钢
化为绕指柔

不要问我从哪里来
不要问花落何处
生命不是在沉默中爆发
就是被喧闹湮没

我是一块铁
我要投入炉中淬炼

一颗会飞的子弹

子弹穿过铜镜
透过雾霾
朝着太阳奋飞
去拥抱炽热的温度
迸射生命的岩浆

风试着改变轨迹
月亮躲在云里窥视
北斗时隐时现
子弹似抛物飞行

似一棵树
如一株草
像一条鱼——

人因欲念挑起战争
让子弹
穿透胸膛
击穿一堵堵墙
射落九个太阳
终究被月亮俘获

深陷时光的铜镜里
徘徊
不能自拔

曾是让人崇拜的英雄
也曾是万人追捧的汉子
只因心魔的扩张
子弹穿透过云层
呼啸而来——

这是子弹的悲剧
还是人类的自虐

诗人之死

为梦活着
蝴蝶飞入殿堂
寂静的夜
孤独的灯
试着做一次漫长的旅游

食人间烟火
终日无病呻吟
世人眼里
只道不可理喻的疯子

手指捏住阳光
黑夜俘获梦的翅膀
雨露打湿羞涩的笔尖
星星在只言片语里闪烁着辉光

天地在你的眼里渺小得妙不可言
心胸浩瀚深邃非常人能够抵达
有欢笑，有痛苦
无论躯壳随泥土消失
不灭的魂冲出斗屋
飘浮天宇

燃烧的骨头

土堆里的骨头
抛撒地面
岁月的刀
剔透

捉摸唐宋风韵
捏着元清的衣袂
抑或长袖善舞
抑或对酒当歌

好事者拾起
扔进火堆
溅起满天星星
闪烁不灭的魂

从长河的风口浪尖
化成只只蝴蝶
别惊扰
泥土轻轻诉说

真味

浓烈的液体
混合深色咖啡
调成温馨的味道
喝一次失常
再喝
灵魂从躯壳逃逸

逃脱不了声色犬马的羁绊
逃离不了灯红酒绿的迷失
人海酒池的圣仙
为何坠入调酒师的柔声蜜语

麻痹脆弱的本性
理念如潮水般泄去
一次次贴上温柔乡的标码
灵魂深陷磁场的两极

这是酒的过错
还是咖啡的真味
酒不醉人
人自醉

竹扁担

扎根山中
汲取日月精华
顶天立地
一生铸就"一"的秉性

心向蓝天
不辱使命
从一而终
决胜千里之外

任凭世人刀砍斧劈
任凭重担折腰

哪怕走到生命的尽头
哪怕燃烧成灰
也要保持
宁折不屈的骨节

陨石

不要问我从哪里来
无须问飘落何处
无论风雨雷电
只要落地
注定与大地结缘
母亲的怀抱
便是最好的天堂
时光的拷问
镌刻着记忆
我是天边飞来的一只鸟
也是大地解密的钥匙

云与水

你　融入我的柔情
我　仰望你的潇洒

我觉得
你距我很近
我离你很远

心魔

当雨水冲洗的太阳再次升起
当月亏的玉兔变得更加盈满
当星星再次挣脱夜的寂寞
当潮水再次冲撞长长的湖堤

我的心啊，飘忽的流浪

就像折翅的雄鹰
修复长大后
盘旋翱翔于天空
就像水里的鱼儿
潇洒遨游于海里
就像受伤的老虎
潜伏修行后
在广袤深林奔走

我的心啊，有时乖巧温顺
犹如主人深爱的猫咪
领受瞬间爱的抚摸
但，我
举起双手

高傲地对主人说
我要学做林中之王
挣开温柔的爱圈
去冲撞大自然的风雨雷电
去林中倾听
鸟的争鸣
山的呼唤！

中药罐

从泥土分娩出来
只为一份担当
让火慢慢煎熬

不要问我从何处来
浓缩一种文化
造就乐于助人的肚量

灰头土脸的造型
处事不惊的秉性
舍己救人
甘愿一生吃苦、埋没

杏林的根生在肚里
杏林的命脉在嘴中延伸
不怒不争，不厌不恶
如若碎成瓦片
也将保持一种苦涩的风味

仙人掌

从沙漠走来
牵扯缕缕魂魄
不甘沉寂的秉性
无论飘零何处
不折不屈
总是保持鲜活的体魄
笑对磨难与痛苦
让生命
绽放质朴的花

雪

梦里
与雪邂逅
那回
真的相遇
纷纷飘飘
立马将天地染白

家乡的雪
感觉那么冷
那么短
那么羞涩

身处北方泉城
不曾觉得
风那般温润
烘暖异地游子的心

忆起少时的雪罗汉
眨巴着红豆的眼睛
那时，雪
也很壮观

一生一世的念想

昨夜气温骤降
梦里
与雪相吻
醒时满天鹅羽
只想试问
能否还来我梦中——

一棵树

一棵树
扎根陡峭的岩壁
狂风掠过
酷暑煎熬
积雪压弯高傲的头颅
百折不挠
不失生命的本性

一棵树
扎根地底
吮吸母亲的乳汁
一天天潇洒粗壮
被风折断
我为它惋惜

一棵树
承受千百年的风雨
毁灭于一场天火
焦黑的树干
直插天宇
控诉大自然的不公

世人用它雕凿成船
艰难地承载
几百年
几十年
有人说
这就是生命

忆中元节

往年的鬼节
早早折叠许多纸锭
包袱上书写
某大人受用
点燃一挂鞭炮
哀恸
随着黑蝴蝶
漫天飞扬

内人百般阻挠
说与耶稣犯忌相冲
灵魂被西方礼教奴化
约束着东方的传统

为着家的祥和
只有艰难地选择
为了活着的人安定
千百遍叨念祖先谅解

冲破西方思想的束缚
还是被《圣经》招魂

红焰在黑夜里跳动
独自徘徊于街道
少时，对鬼节生发畏怕
时今，思念是沉重的翅膀

油桐树

一棵油桐
悬挂渠道边
目睹它的长大

似撑着伞的女子
悠悠招摇
鸟天天访问
狂风让它匍匐
雨暗自流泪

开着紫色的喇叭花
却从不张扬

捻着花魂
缀满只只光鲜的生命
似母亲的梦

冲出坚韧的壳
承受无数次冲撞
流尽的乳汁
默默替人作嫁

千年之疼

——读杜牧的《清明》

疼了千年
和着尘世的痛
三月
扯不断的雨丝
遗给世人
一醉解千愁

为何踽踽独行
为谁默默饮啜
混合三月的雨丝
飘曳
缕缕的魂魄

求解

树叶间滑过
随风飘忽不定
鸟自由地歌唱
却无须索取
万物在空气里游说
默默解脱

有的花
人人羡慕拥有
犹如吸毒的"君子"
却又无不在迷雾中沉醉

生活犹如一场游戏
只因痴迷执着
有些事可折
有些事难缠
却又无不在纠结

韧

——读海明威《老人与海》

老人与狗
静静地守候
海面，日复一日
年复一年

面对大海
默默啜饮这杯酒
似苦行僧，等候

似老子隐居深山
似姜子牙垂钓渭水
似司马迁隐忍
倾听智者的声音

一条鱼
游弋海面
正如，千百次
诵念与祈求

谁之过

立于花丛
招引粉蝶

金黄的花蕊
妖艳的红唇
睡去，睡去！
惊羡的美
铺叠绚丽的光晕

花蕊一次次被吻
却感觉不出
莫非花之妖艳
还是蝴蝶的本性

今夜为您而来
今晚因你裸开
只为一吻
醉在花瓣中央

良辰的夜

试问
花非花否

围墙

这里曾是透明的窗口
这里曾闪耀着时代的光华
这里曾是人脉的聚集地
这里曾张贴着世人的明细表

多少个春秋寒暑
历经岁月沧桑
似一个不变的风霜老人
阅读世态的兴衰炎凉

风雨兼程的困顿年代
万民凝结，众志成城
惊天豪迈的语言鼓舞了斗志
先进人物成为楷模与被颂扬者
壁墙闪烁光华的字眼
烙下岁月的印记

不知什么时候　围墙
排列成一条长龙
补鞋、修车、摆地摊——
将热烈活跃的气氛推向高潮

天下大事家长里短由此传播

趣闻逸事天方夜谭从此溢出

不知何时
刮起了一阵风暴
游龙消失了
围墙刷新了外装
醒目的广告告别了过去
围墙退出了历史的舞台

时隔不久
涌来了一群大盖帽
继而闯来了铁甲将军
围墙与建筑物饮泣倒下
还有靠近围墙树上那只喇叭
它曾是应运而生的宠物
时今恰似离弃的鸟窝

废墟上陆续耸立气派的商品房
窗户犹如无数的黑洞窥视
原先的围墙不复存在
超市的喧嚣代替往昔的热闹
人们忙碌着飞进飞出
每天为着各自的生计讨价还价
人与人之间似乎缺少些什么
也许是时代应运而生的产物

伫立繁华的超市门前
我似乎还在寻找什么

围墙（二）

昨夜
那一场风迅疾
梦里
花瓣一地
醒时
濡湿了眼角
我道再栽一盆玫瑰
你却道不胜往昔
无论时间怎么愈合
总似一份失落惆怅

透过玻璃那道细痕
履历一层薄冰
流水漫过心际
我愿再次淹没

愿是冬天里的一把火
让心熬过冰冷的冬季
却道是抽刀断水
你挥一挥手
作别于西天的晚霞

问秋

布谷鸟播下希望
煎熬夏日的酷暑
只待秋天收割

脚步为何匆匆
秋老虎为何守望
在秋风里舞动
为爱颂一曲赞歌

不要问我从哪里来
也不要问我到哪里去
落地生根的种子
只不过得到宠幸

人总害怕孤独
无不在孤独中超脱、完臻
今晚似水的月光
沐浴长河的清辉

我不知道风从什么地方吹来

路，延伸到村庄
连着我的老屋
连着小河
连着炊烟——
我不知道风从什么地方吹来

路连着每一座山
每一条河
每一座城
每一个人——
我不知道风从什么地方吹来

我羡慕长河的落日
炊烟的潇洒
小草的喃喃低语
鸟的飞翔——
我不知道风从什么地方吹来

我愿意给每一座山、每一条河
取一个温暖的名字
替每一个人递送一份温馨的祝福

只要他们幸福
便是我生命的一切
我不知道风从什么地方吹来

我渴望——

我渴望
火星拥抱地球
太阳轻吻月亮
在永恒的天宇里
哪怕晨曦与黄昏哪一刻
可企或不可即的渴望

海水轻吻海岸
潮汐是风亲密的至爱
惊慌时闪烁迷茫的光
鱼儿追逐浪潮
浪时刻抛向海边
让鱼儿
做一次冒险的旅行

山的那面或许是阳光
它的反面似乎还在酣睡
只有太阳缠绵大地
月光拷问太阳
大自然的风雨雷电
人世间的霜雪雨露

只不过一顿丰盛的晚宴
款待一切万事万物
再做一次不定期的旅行

我是一棵草

我是一棵草
一棵独特的草
有一个很美的名字
根植广袤的沙漠
除了肆虐的风沙
驼铃从身旁响过

芒刺面对天空
叶掌抚摸沙漠
无视沙尘暴一次次淹没
面对太阳微笑

世人移植庭院
当作一道风景
被人欣赏
被人消遣

我有我独特的个性
我有我绿色的刺掌
无论身居何地
消磨不了独特的个性

竹魂

我是荆棘
遗弃山地
被泥土掩埋

根须伸进沃土
渴望春雨滋润
冒出无数的精灵
却被粗暴分离
撕剥下褶裙
被无情地羞辱
也决不失去本质

姊妹躲过灾难
吮吸母亲的丰乳
不折不挠
与时俱进地高大粗壮

狂风逼迫俯伏
却一次次挺立
一天天发扬光大

母亲，倘能背井离乡
无论身居何处
小到每日三餐
大到三百六十行
哪怕燃烧成灰
也要活出尊严

竹之声

大山深处
徐徐吹送丝竹之韵
无论身处何处
也要
持有不变的魂
拔节向上

父亲把魂穿成梦
日出日落
盛兜缕缕曙光
那些艰难的日子
焚烧成灰
深埋于泥土
也要把魂挽住

箸

从五千年的林间穿越
顶天立地
用彼此的双手
力拔山兮气盖世

没有刀光叉影的浮尘
调一曲琴瑟和鸣
其利断金
共同担当使命

淡看人间烟火
阅尽世态炎凉
天地间的五味杂陈
敞怀一笑拥抱

不要问我从哪里来
脚下的路还很长很长
念一份情结
风雨兼程
用一股浩然骨气
托起东方古老的诺亚方舟

朝拜一棵树

朝拜一棵树
一棵逾越千年的树
一位愤俗的老人
伫立寒江
似锁的眉宇
震慑一个沉重的王朝

认识老人
缘于少年的课文
面对蛇的挑衅
梦里
多少回
曾让我惊悚

假如生活被绑架
有位老人
素怀惊世的胆识
挑战
腐朽的制度
但愿
"毒蛇"与"猛虎"不再伤民

从炽烈的文字
从老人紧捏的手心
似火
让多少冰冻的心复苏

从一棵大树经过
瞥见
一个孤独的睿智者
犀利的目光
刺穿
树下经过的每一个人
从此，人世间
不再似他
独钓寒江雪

"虫子"的呻吟

不要问我从哪里来
不要问我为何战兢
为了活命
为了繁育子孙

我有很多"天敌"
让我无处躲藏
这个世界
无法容纳我的子孙

我害怕"天敌"
还有人天生贪的本性
我无处可逃
相煎何必太急

没有"天敌"的世界多好
自由生存繁殖
为何苟延残喘
只因人类制造"药物"

低效演变成高效特效

戕害了同类
同时残害了本身
这是人的犯贱
还是我（虫子）的侵害
佛曰："适者生存！"

穿透时光的铜镜

穿透时光的铜镜
母亲告诉我
多想有双水晶鞋
仙女湖可知少女的秘密

怀着忐忑
寻找母亲的钥匙
拭擦时光的铜镜
不再遥遥无期
只想湖畔偷渡
追回千年失落的记忆

铜镜里的女孩也许不再年轻
母亲也曾似仙女般美丽
只是外婆把钥匙藏得太严太久
七夕
母亲试着把相思
织成千丝万缕的羽衣

穿透时光的铜镜
走进沸腾的仙女湖
母亲，失落的梦还在吗

窗前的芭蕉

从移植窗前
总爱折腾

坚守那片绿荫
倾听雨敲打的节奏
悟出些味道
只愿
为伊消得人憔悴

芭蕉造就秉性
活出了生存的本真

也许那一天
我会沉醉泥土
不带走一片云彩

味道

一弯新月
似镰刀，割断
更深的窗前
似悟道的苦僧
千百遍敲响木鱼
怎奈
心的奈何桥
渡过膨胀的孤独

乡下的阿姐
捎来红豆
每回捧一份
难煎的味道
尝试放入甜糖
浓浓稠稠
道不出的滋味

窗前贼亮的灯光
和着远处闪烁的霓虹
恍恍惚惚，痴痴迷迷
心仿佛不定的夜色

试着融入喧闹的潮水

潮汐涨了
又逝泻而去
忽又飘浮起来
像夜风中的气球
慌乱地沉浮

流淌的河里
飘来片片微黄的叶
如一弯扁舟
试着渡过无期的河床
朦胧中渐行渐远

风雨后的静夜
星闪烁寒冷的光
暗藏漩涡的河水
我试着漂泊过去
漂泊过去
奢求进入你的梦里
醒来，枕畔残留痕泪
方知哪年惹下的雨中菩提

搓衣板

匍匐坎坷的路
将日子拉成悠长

母亲揉碎了月光
却一辈子走不出自己的影子

也曾试着逃离
却逃不脱熟识的味道
载着满塘的星辉
熨平来回的路

地球

无论体积多大
却逃脱不了宿命
回归初始
岁月只不过
额角的几根白发

水

不是因为万物的需要
炫耀它的伟大

只不过
万物的海纳
彰显存在的理由

文字

长河里的花絮
慢慢漂流
多事者的好奇
叠一座瑰丽的宫殿
扮演众生相
有的殿里徜徉流连
有的宫外纠结徘徊

菊之影

太阳与月亮
重合朝霞的甜梦
坠入余晖的微醉

金菊的镜里
蜜蜂酿蜜
蝴蝶双飞
一刹那
醉了一泓湖绿

黄昏碎语

病榻前，倾听黄昏的细语
儿子出外多久
三年有余
想不
她点点头又摇摇头
还是叫他回来
别，儿忙
他紧握她干瘦的手
心碎了
她醉了

乡思

乡思
犹如天上一朵白云
偶尔投进湖心
思之，尚在
淡然，离去

风

地球挤压苍穹
力越小，风越轻
人疯狂掠夺与压缩
必生海啸

云

云，雨的精灵
雨，云的化身
雾把云轻轻托起
露藏掖于夜
与晨光邂逅

今夜霜更白
雪霁云更远

枫叶

树孕育一冬的热情
绽露绿的张力
迎合夏之激情
深秋
蜕变只只美丽的蝴蝶
飘然落地

白鹭

一只白鹭
孤独地巡游
三只成年的白鹭
或许一场角逐
一群白鹭
或觅食或栖息
或交颈低吟
最难将息
却是坚守的哨兵

端午之思

端午，端午
从江河中走来
把情思引领五月
蝶化一帘幽梦

追随端午的影子
寻找粽子的味道
雄黄涂抹了一遍又一遍
粽叶折叠了一回又一回

是谁把梦掀起
是谁让岁月凝重
又是谁把梦捏在掌心

龙舟追着你的影子
犁开岁月的江河
长袖善舞，满腔《离骚》
热血付诸《怀沙》与《天问》

路漫漫其修远兮
吾将上下而求索

多少人弃小家而奔大爱
鲜活的灵魂让您不再孤独

从折叠的粽叶间走来
泅渡永恒的河流

端午，端午
从梦的隧道里穿越而来
却又朝梦飞去

多余的日子

多余的日子
打捞一些时光

暖一壶酒
熬一罐清茶
邀些老友
慢慢品味

与灯对坐
把不经年的岁月
折叠成船
渡我煮字疗饥

余下的日子
似一截木头
扔进炉膛
不羡慕熊熊的烈火
只在乎
把日子爆裂成声声脆响

反面

一片叶
承接阳光雨露
透穿光鲜的表象
还原本真

生活是把双刃剑
磨光了别人
同时消瘦了自己
宛如一块铁
置于炉火与铁钻
无数次的锤炼
方能在生命的轨道
滑得更远

万物都在更替
人宛如树上的一片叶
裸着而来
赤条条而去
面对镜中的自己
不要问哪里来
也不必刻意到哪里去

只不过
匆匆挥一挥手
带不走一片云彩

风之韵

路
蜿蜒曲折
村
把岁月拉伸

鸟重复着
从井里飞出飞进
叼回几片羽毛
装饰了巢

春风吹皱一池绿水
涨满夏天的激情
秋色平分阡陌的田野
在冬日的黄昏歌吟

蚯蚓似的路
似一首童谣
在记忆里复活
随着韵律渐加丰满

跋涉者

一

沙漠的尽头
骆驼一路疲奔
黑点渐渐成形
只要执着
定有一片丰腴的绿洲

二

一叶扁舟
逆风劈浪
无论海多么浩瀚
无论多么艰辛寂寞
总有希望
抵达金色沙滩

风中奔跑的女孩

奔跑的女孩
歪着脖颈
擎一架风车
让梦旋转

风车为啥不旋起来
调整方向
奔跑为了风车转动

也曾有冲动
也曾幼稚痴迷
让风车舞得快些

甘蔗

一生挚爱阳光
只为新生
甘愿埋没土地

汲取天地精华
努力拔节向上

承受无数次的撕扯挤压
世间才多了一份甘甜

苦与甜犹如一对孪生兄弟
决定你的分娩
过于沉湎甘饴
也许失去鲜活的生命

高粱红了

高粱红了
醉了父亲
吼几句走腔的京剧
扮演一回关公

也见父亲栽种
也曾当成粟苗
时间拉长拉远
折断数回
似品尝的少年
不知什么滋味

父亲爱喝高粱酒
自种自酿
场景不比北方
却有着同样的烈性

高粱红了成了一种记忆
却比不上爱高粱酒过头的父亲

根

生物因你得以生存、完美
你却深扎土里
造就了别人
甘愿化成朽木
滋养着生你爱你的母亲

也曾多么希望
却被人蹂躏，抛离土面
日复一日，风蚀雨淋
直至某一天
被伯乐塑造成"千里马"
终日驰骋自由的天地

孤狼

苍穹下
尖锐的嘯叫
我不是王
却主宰一切的一切

敏锐的嗅觉
贪婪的本性
协调一致的团队
敢冒风险拼搏——

饥饿肆无忌惮地蹂躏
面对强者
运用计谋攻略
哪怕面对猛狮雄虎
也敢一决高下

如果被狼盯梢
势必难以逃脱
孤狼更善于狡猾、伪装
号召团队挑战

苍穹下
孤狼
敏锐的嗅觉
搜寻猎物

拐杖

生命降临的一刻
佛注定
给一根竹木定位

总有一双眼睛
为你
默默注视

试着依附
面对残缺的起步

试着卸下
却道挥之不去
用一生的超度
把圆描满

龟的宿命

大人讲
龟，长寿之物
却游走于生命的边缘

父亲领着我
把田埂塘岸掀起只只黑洞
母亲的乳房，从此
流淌着汁液

老家的天井
曾放养过无数的龟
只因逃生
蜷缩幽黑的暗道
随着岁月的修炼
田埂塘岸张着空洞洞的眼

不知何时
一只龟仙游走天井
殊不知被拴住铁链的狗逮着
龟仙化作一摊淌血的空壳

后来，我长大了
不再坚守那片天井
穿越了时光
天井却被岁月淤塞

试着从观赏鱼寻找
龟仅仅供人玩赏
难道是人为的转基因
让人费解与诠释

总想寻找儿时的梦
龟还在吗

轨迹

苍穹
燃烧着星星
陨石落入黄河
激起朵朵浪花
大地复归平静
打捞
还见李白、东坡——

过客

行走湖畔
看长河一抹红晕
沉醉
羞涩的湖色
远处
飘忽的舟
泊靠喧闹的港湾
舒张一天倦容
伴着浣女的衣棰

黛黑隐去最后一帧山峰
雁群排着"人"字飞掠
飞鱼跃出水面
今夜红船在何处
悄悄驶过魔鬼三角洲

今夜莫非在塞外戈壁滩旅行
首崖庙宇的钟声替我招魂
不远处的马影湖
鸟的天堂多么宁静与安详
只有风轻轻挑撩千眼桥的睡意

面对胸襟宽广的佛祖
世人只是匆匆的过客
无论怎么沧海桑田
人毕竟是湖里一滴水
只为后来者缩短里程

虹

——又读徐志摩《再别康桥》

你，摘下一片云彩
化作康桥
承载千百年的呢喃
沉淀青荇里的软泥
今日的康桥
有的人徜徉其中
有的人隔河相守

将进酒

悠远悠长的隧道
有位老人
用酒后狂言
左右着无数代人的文化情愫

来自豫章大地
走入千家万户
乃至全球
让人留心一个名字

莫非圣母捧献的琼浆玉液
莫非造物神的恩赐
只因一时的贪恋
灵魂再度出窍

杜康，平凡得不能再平凡的字眼
时刻纳入视线
却被前人叨念了千万年
倘若被它吸附
定会一路狂醉高歌
"五花马，千金裘
呼儿捧出杜康酒
与君共消万古愁——"

火山

深埋的岩浆
千万年
喷发
燃烧成本真

暴晒的沙尘
烈焰剥脱美丽的外衣
吞食放浪的形骸
让灵魂拷问

教鞭

跨进学堂
教鞭走进我的一生
挥动或画圈
我们闯入无涯的海洋
优美的弧线
似七弦琴飞出的音符

当我们分心、疲惫
弧线让嘴张成圆

读书有如吸水的海绵
教鞭时刻调节湿度

生命的赛事介入多少次
是否舞动得潇洒蕴含
赛场在人设定
从起步，教鞭
不知转寰多少周多少圈
也许阿Q并不可爱
画圈却是生命的执着

龙卷风

寻找些理由
也难平息天神的愤懑
遂把莫名的怒火
幻变毁灭人间的飓风
用淫威
把天地掀个底儿朝天
世间由此多出无数的灾难

人类没少奉献祭祀
也没少祈祷
想必神有海的容量

筑构心的桥梁
超度众生灾难
繁衍涅槃
手心牵连
向天神千百遍颂念
南无阿弥陀佛

路口

——致2018年元旦

有些路口
在于艰难地抉择
走着走着
面临新的取舍与守持

寻找不安分的骚动
总想设些障碍
总想攀爬陡坡
山的那边
海的彼岸
结一份尘缘
寻找些独特的风景

伫立于路口
不停歇地奋飞
汲取营养
枝头才不致枯竭
梅花喜爱雪中绽放
又在春天旁逸斜出

在路口
在路口
在路口——

逆差

桃花的芳菲吐尽
山中方始斗妍
路旁的桂花醉了
庭院正在窥视

总是羡慕山间的杜鹃
脚步注入庭院
正如太阳升起之前
黎明的曙光刚掠过地面

花儿渴望阳光
万物沐浴雨露
熬过寒冷漫长的黑夜
裸露一片生机

牌坊

石牌
千万年
压着女人脖颈
把她塞进三寸金莲
一生
黄连浇灌
博取石牌冰冷的文字
承载着血与泪

一唱雄鸡天下白
牌坊
被破四旧的浪潮湮没
从此
女人与日月争辉
石牌重新改写

蒲公英

弱小
卑微
与草为伍
承担着风雨
春天饱汲养分

情愿老死花草间
静静等待那场风
让子女扎根天涯海角
自己默默坚守

不羡慕花的芬芳
不羡慕树的伟岸
只为弱小的灵性
守护一片天地
熬干生命的汁液
用一份爱
抚平生灵的伤痛

七夕，一个诗人的梦

多少代人打磨
七夕叠成船
泅渡时光
煎熬诗人的风骨

寻找木榫
衔接精品小屋
打磨时光
蝶化只只蝴蝶

似潮水宣泄
一叠复一叠
掩埋了沙滩的辙痕
一叶扁舟
飞渡遥遥的银河

试问天河里的织女
还来仙女湖寻梦
宣泄又沸腾
梦一次次点燃

七夕，一个诗人的梦
绵绵如潮水涌来

期盼

——写于2017年元旦

当金猴盛捧硕果深深作揖
当金鸡振翅啼鸣
也许逝去的时光
似张张永不褪色的彩照
有痛苦有欢乐
有懊悔有欣慰
犹如浅尝甘饴酸甜的蜜橘
把核培植成小树
期盼来年缔结

金鸡悄悄来到树梢之下
阳光下咏唱明媚的春天
辛勤觅食的金鸡把春唱响
把秋天的果实撷取
一份喜悦
一份祝福
让生活的每一刻
都将欣慰

沉默

一滴水落入大海
一朵花立于花丛

黑夜褪去白昼的喧嚣
万物似乎沉睡
窥一片叶
乃知风的方向

生活是水是叶
唯有褪去外装
方可安放骚动的灵魂

酒醉的人
才知惜言如金
梦境的一切
正是白天的影子

别在意风平浪静的海面
别羡慕百鸟的飞翔

面对一切
精灵展翅高歌

石榴

凝聚一份热情
让梦在春天爆满
待到金秋
浓缩一种滋味

每一颗籽的尝试
让我忘不了

至亲至密的情缘
来自五湖四海
来自天涯海角
不为花的羡美
只为生命里的琼浆
在十月熟透

时光的拷问

太阳在西边的晨曦升起
街市空荡
几条放浪的狗争抢着残骨
汽车喧嚣而过

巨浪把风卷起
你却感觉不出
小鱼游弋镜面渴望阳光
你却说暗藏汹涌

山峰平面无棱
河面嶙峋峥嵘
世间的万物只不过瞬息即逝的点
只有地球是踢飞的足球

鸡蛋碰碎了石头
棉花砸向铁球
湖水漫过山峦

水演绎成云雾雪霜
天地间重生多少轮回

花如昨天的镜花
人只不过匆匆的过客

何必把红尘看穿
白天与黑夜并非绝对
人只不过一枚棋子
潜规则在于发挥

逝者如斯夫

驻足湖畔
任凭微风吹拂
远眺朝霞托起太阳
近观落日将湖水渲染

浪翻卷着那片镜湖
曾几何时
煮一个梦
点点白帆远去
无奈低低悲吟：
"逝者如斯夫！"

曾为智圣者呐喊
千百年的心声
只因时光蹉跎
徒然让河水流逝——

伫立流逝的河川
看绚丽的晚霞涨满
白帆驶入金秋
湖水磨砺锈封的刀锋

忆往昔

峥嵘岁月稠

看今朝

山花红烂漫

谁叨念

白了少年头

谁怨惜空悲切

天生我材必有用

我的心还年轻

还很年轻——

子在川上曰：

"逝者如斯夫？"

今晚若能立于洲川

我是迟归的采莲人吗

点燃心灯

月亮躲进云层
星眨闪迷离的眼
虫蛙的潮水涨满
夜寂寥孤独

院前犬的狂吠
还有萤火虫的闪烁
寂寞里的渴望
似潮水漫过我的头顶

不要问风花雪月
不要话鸟语花香
无须灯光
无关乎月亮
只愿静静地把夜坐穿

你曾给一颗石榴
道出十五的月亮
化作甜梦
为伊一生品尝

记得菩提树下
月亮为你点亮
试着漂流
你说
灯到何处即吾梦乡

夜似一条无纹的河
河水把小泥人千百次调和
月光似水倾泻窗前
为何又从我纤指间滑过

佛跳墙

面朝大海
面向座座神殿
面对尊尊佛像
千百次祈愿

佛祖降临人间
修订无数清规戒律
教化众生行善
却奈何不过佛跳墙的诱惑

也常诵念佛经
也曾给众生还愿
路边街头的酒肆
佛跳墙如此张扬
告诉我
酒肉为何穿肠？

人海茫茫
谁能告诉我
既有夏娃便有亚当
既生瑜又生亮

善良与凶恶并存

谁能指点迷津
唯有世间杜康

第五辑

长廊漫步

一个暴君的梦

——读《隋唐演义》有感

一

从远古一路泅渡
无论尧舜
还是贞观之治的李世民——
顺民心者得天下
但也有一个创亘古之举的杨广
历史记载"一代暴君"

人生来爱做这样那般的梦
他的梦如此漫长苦涩
为得天下
背负千古骂名
为实现一个梦
把一个歌舞升平的美好江山
弄得支离破碎、烽火四起

二

丘比特曾把箭镞射向他
为得到爱

悖逆漫长沉闷的封建观念
为赢得爱
胆敢烽火戏诸侯

他赢得了上天的眷恋
爱得如胶似漆、死去活来
他又是多么悲哀
为了圆梦
爱遗落大运河

从大运河传来遥远的钟声
回荡了两千年之久
如今
依然余音袅袅，连绵不绝

那是凄美悲壮的钟声
那是雄浑曲美的歌舞
每当春江花月夜之时
总有蝴蝶在运河比翼双飞

这难道是一个传说
不！这是一个亘古存在的史实

三

这是一个民族从未有过的梦
这是一个甘为牺牲多壮志的梦

这是一个甘愿成为千古罪人之梦
时间已逝两千年之久
史书和大运河可以做证
日月可以明鉴

为了承诺这个梦
他甘愿拿大好河山作赌注
义无反顾，无怨无悔
梦成千里长龙
那一腔热血哟
溶浸大运河中

也许这个赌注下得够大
输掉了江山
输掉了眷恋的爱情
却更改了龙的版图

四

为了筑梦
横征暴敛，祸害百姓
为了筑梦
竟然不择手段

梦已成
心愿已了
却按捺不住一生的狂喜

面对叛军的淫逼
仰面长笑，泰然处之
甘愿一死谢绝天下苍生

五

也曾想做个甘于现状的皇帝
也曾想与心爱之人白头偕老
也曾大刀阔斧整饬官吏
也曾开科举考试之先河——
但他怎么也割舍不了那个梦
浩瀚工程耗尽他的国库
堪称世界第一的梦哟
至今千里赖通波

六

历史本应还原真实
历史本来由人民书写
每当在大运河畔逡巡、穿梭
是否记得
运河漂游着一缕不灭的冤魂
每当夜静更深的夜晚
这里曾遗有千年万年的梦
一代暴君用他的江山
筑就一个曾经烟尘四起的梦

七

谁说筑梦之人是个暴君
世人心中该有杆秤
当挖掘运河的淤泥
可知当初筑梦之艰辛

筑梦期间屡遭蠹鼠蚕食
他果敢起用贤臣麻叔谋
大智若愚，力排众议
才不至于千万年大计落空

为了筑就一个史无前例的梦
敢把江山断送
大运河几千里壮观可以佐证
还有那六百四十多座桥梁
还有桥上车水马龙的人流
还有南来北往的便利漕运
在那技术落后、封闭的王朝
面对天文数字般的浩大工程
筑梦人胆敢运用几百万民工
试问世人
谁敢！
谁还敢！

八

人活世上本是藤上的两个瓢
为了春秋大梦
夜不能寐，宵旰晨曦
躬身亲历，儿臣共举
跪天跪地跪百姓
身陷重围，处事不惊
引领百姓大臣
拜天拜地庆河神

大气概大气魄成就大英雄
为了筑梦
不畏避，不贪生怕死
为了承诺百姓
竟敢动用最后一点扩军备战的银两
本来预算两百年的工程
短短几年，筑梦成功
隋亡也好，唐兴也罢
正因为他的大爱与割舍
赢来了大唐帝国的昌盛与崛起
我可以叹叹吗？

九

滚滚长江东逝水
浪花淘尽英雄

也许不屈的冤魂

千百年漂泊于大运河

舞榭歌台，笙歌夜舞

万家灯火彻夜照耀的大运河哟

波涛咆哮，奔腾不止

那是你不屈的魂在怒吼

那是你不朽的躯体贯通五湖四海

历史在你的浪花中消逝

历史在大运河中重新改写

在山舞银蛇，欲与天公试比高的当代

我们是否深思与遐想

十

四名山下，人喊马嘶

十八路反王，六十四道烟尘

刀枪滚滚，旌旗蔽日

那是一个多么惊心动魄的场面

那是一个多么艰难的选择

面临一个王朝的倾覆

毫不动摇心中的信念

哪个王朝不是最后被换代

为了千秋荫福，恩泽万代

隋朝只不过断送得早些

十一

这是中华史上谱写的独一无二的暴君
大运河也许累累白骨堆成
但大运河造就了一世伟大不灭的魂
正因为举世瞩目的壮举
才演绎了众人敬慕的爱情
《史记》至今留下一个淫乱后宫的昏君

十二

那是举世无双的真爱
赢得了政敌遗孀的爱慕与钦佩
大运河川流不息，奔腾不止
是否记得一个疼爱妻女
一个为爱殉葬
一个曾经朝思暮想
一个曾恨之入骨的后陈遗妃
他（她）重演了《霸王别姬》的一幕

十三

风萧萧兮易水寒
壮士一去不复返
一锹锹挖掘、浇灌着一个梦
那是国民凋敝、科学落后的王朝

也许在后世人中不算一代明君
但他为华夏谱写了辉煌灿烂的篇章
也许有人说他太不明智
但他敢于担当，甘愿冒险
这才是高不可攀、望尘莫及的壮举

每当歌舞升平，春江花月夜的夜晚
大运河上，总有蝴蝶翩翩起舞
它在寻找些什么
也许是寻觅千年的毫无懊悔的梦

三沙啊，何时再圆一次梦

三沙啊，我又做了一个瑰丽的梦
梦里，犹如一只海鸥
在海岛千鸣万啭地飞翔
有时似一条三线鸡鱼
在绿波万顷的睡莲间巡游

梦始于小学课文中的《西沙群岛》
梦源于二叔海岛育种时详细的叙述
窗前挂着一只心爱的海螺
暖风徐送出动人心弦的妙曲
那时，堂哥光荣成为南海的哨兵
燃烧起我心中那团羡慕的火焰

我的梦因堂哥得以成真
湛蓝的南海才能尽情抚摸
堂哥用海螺吹奏《西沙，我可爱的家乡》
返归时让我带来美丽的珊瑚魂

在那云飞浪卷的南海上
有一串明珠闪耀着光芒
辽阔的海域，无尽的宝藏

堂哥遥指群岛说是母亲的最南端

盘石屿尽管不时被海水淹没
只要敞开金色的披氅
宽厚的胸膛蕴藏着母亲浓浓的乳液
那咸苦的滋味犹如堂哥难熬的情思

为了银屿的旗杆矗立于祖国的蓝天
为了捍卫民族的完整与尊严
古老、纯朴的岛民啊
宁愿住着简陋的篷房
只因心中盛着火一般的痴情
世世代代遥望着祖国——母亲
犹如日夜盼望冉冉升起的太阳

北京，您的心时刻连着祖国最南端
千万里的相思从您开始相脉相连
高大、古朴的椰子树啊
您是渔民乡情浓缩的延伸
鸭公岛的遗民继承最原始的生活方式——赶海
全富岛的珊瑚美景啊
长天与海水共一色

岛上生长着巧夺天工的天然染料
尽情把西汉至明清的海上丝绸之路的图像渲染
如今再高级的摄影师
都难传载祖国黄龙的神韵

若要翻开世代传抄的《更路簿》
准确如指南针般标注群岛的位置与航向

西沙群岛残存下来的甘泉岛遗址
瓷片、铁器印证西周先秦的子民已开始生存
东汉杨孚的《异物志》等尚有记载
足以佐证三沙市居住的人们
捂暖着一代代孤独相思的心
当我的眼光追随一艘打鱼船
船前的五星红旗迎风猎猎飞扬

永乐龙洞有着世界最深的海洋蓝洞
甘泉岛的古井更是明代铁的印证
南海之眼深藏黄龙的定海神针
珊瑚装饰的龙宫是何等富丽堂皇
还有，无数的刺斑锚参
您就是母亲身躯中蠕动的神经

月亮啊，请您把眼睛拭擦干清
星星啊，请您永远为母亲见证
正因为群岛蕴藏着富饶的物产与宝藏
觊觎者企图引起争议、挑起事端
近年南海风云变幻，时事动荡
强盛的母亲不惧侵略者的肆意妄想
您的儿女甘洒热血，共创战果辉煌
抗美援朝，珍宝岛之战——
无不把强盗驱逐出国门之外

雄狮啊，请时刻睁开明亮的眼睛
三沙犹如母亲十指连心的脚趾
如果强盗胆敢分割母亲的肢体
我们用钢铁般的牙齿把入侵者咬碎

"人不犯我，我不犯人
人若犯我，我必犯人"的原则日夜坚守
"平等互利，和平相处"的信约时刻不忘
但永远希冀
和平的白鸽叼着绿色的橄榄枝

如今，三沙市的发展蒸蒸日上
群岛已成为一艘不沉的航空母舰
得天独厚的风景缠绕着一条千里长沙
精心编排，让游客尽情享受大自然带来的美
　　妙地带

东郊椰林的回望创不可想象之绿意
游客倘若游走海天相衬处时
定会感受"相看两不厌，最美是三沙"的绝
　　妙意境
如若不是飞鱼优美的舞姿吸引了眼球
也许会将海上冉冉升起的明珠拥捧在手

纯朴的孩子忙活着兜售岛上奇特的海产品
绿影婆娑的神秘椰林便是西沙成长的将军林

三沙一绝的石岛面向大海诵读"祖国万岁"
浪拍石碑的韵律让游人的魂魄得以超凡脱俗

海岛恰似一缕浣洗的轻纱如烟似梦
海鸥宛如绢巾刺绣的只只精灵
自由的元素驰骋千程万里
涌动的海浪翻卷着眷爱国度的满腔热忱

三沙啊,您的群岛连成一串珍珠
当梦的亲近被一声鸟鸣激情呼唤
当石岛的阳光尽情抚摸裸露的肌肤
我仿佛捧托马尔代夫般的金色玉盘
让火一般的思念燃烧着喘息微弱的躯体

三沙啊,我多想像海鸥在湛蓝的海面千鸣百啭
我多想您如美轮美奂的妩媚新娘
沉入梦乡,让我做一次金色之恋
哗啦啦的海涛传递爱的秘密
再度燃起何日重圆三沙梦

卢沟桥的狮子

一

雄狮，您曾多么骄傲与自豪
五千年的文明古国
崇尚孔孟儒道
千万年的礼仪之邦
还有四大发明
不！何止仅仅四大发明
万里长城，龙的图腾
高高屹立于世界的东方

无论汉代的丝绸之路
还是元代的开疆扩土
或是唐朝的太平盛世
又或宋元代的诗词戏曲
大江东去
浪淘尽
千古风流人物

二

正因为有了悠久的历史

卢沟桥再现狮子千年的雄风
也许太过于大意
也许过于疲劳
也许过分骄傲自信
才导致故步自封、夜郎自大
蹲伏下来
悠悠享受浓醇的文化美酒时
清朝的大老爷们
是否甩着长辫
捧着水烟管
喝着佳酿
哼着元曲
放慢悠长、沉重的脚步
从卢沟桥上面悠闲走过
殊不知四周的虎狼群起
将雄狮撕咬得千疮百孔、遍体鳞伤
这还不够，还要愚弄奴役
可堪当年鸦片的烟火
让强壮的国民怎的病变为犬
虎狼一次次地威逼恫吓
狮子似酒醉般
软弱无能
从而一盘散沙
俯伏听命于强盗的蹂躏与淫浸
还有故都的东方明珠——圆明园
强盗将民族之宝抢掠一空
三天三夜的大火啊

把东方的夜空烧得通明、彻亮
中华儿女从此被摧残成东亚病夫
雄狮的颈项
悬着
华人与狗不准入内

三

沉睡的狮子被折腾得遍体鳞伤时
"五四运动"正待唤醒民众的觉悟
倭寇竟然不等喘息透气
公然明目张胆地寻衅
制造"九·一八"事端
日本小虎昂起高傲的头颅
利用现代化的飞机大炮
肆意践踏龙的躯体

曾记否？
卢沟桥的桥面与天空
军民为驱逐敌寇
用血肉之躯阻挡强盗的入侵
卢沟桥咆哮宣泄的河水
还有桥面上斑斑点点的弹痕
印证了强盗穷凶极恶的野蛮兽行
那哀怨怒吼的狮子啊
历史最为真实的见证

四

想起抗日战争的残酷年代
趾高气扬的日寇
刀架在国人的脖颈上恣意妄为
邪恶之手蹂躏奸淫神圣的母亲
卢沟桥上的狮子啊
当年的您
被惊醒，被激怒
奋起拼出民族的气血
用血肉之躯堆砌一条势不可当的长城
日复一日，年加一年
终将把不可一世的倭寇赶回老窝
从此
桥上的狮子得以休养生息
河水得以滋养灌溉
雄狮恢复往日之雄风

五

伫立桥边
抚摸桥柱上的狮子
尚感觉出残存的疤痕
似向世人倾诉沉积压抑的愤恨
听桥面游客如织的脚步
似是沉思
似是醒悟

似是觉醒

也许醒悟过后
多么沉重
流血的伤痕
像虫子般吞噬
还在痛苦地呻吟
酒足饭饱的人们怎可善忘？
入侵的强盗肆意对中华儿女的奸杀掳掠
欢乐、喜怒被无情的炮火熏呛湮没

六

醒来吧！睡狮
怒吼吧！雄狮
发奋图强吧！醒狮
哪怕用孱弱的躯体
也要抵抗发疯的虎狼撕掠
用钢铁般的牙齿啃啮
也要把不可一世的强盗咬碎

于是，激怒的雄狮不再麻醉
怒吼出神圣不可侵犯的民族底气
因为它遗存着民族滚烫的血液
因为有恢复中华、发愤图强的智慧
它时刻不忘提高警惕
因为周围卧伏着无数的虎狼

无时不在蠢蠢欲动张着血盆大口
我们施展雄风将虎狼之牙撞碎
现在
虎狼糊弄着和平演变
中国，你别上当！
当心钻进强盗设伏的圈套
那一剂剂"麻醉药"
企图麻痹瓦解自私自利的国民

试看当今雄狮之景况
每一个中国人甚是堪忧
当国人过分崇洋媚外
当过分醉心于纸醉金迷、灯红酒绿的奢华
是否听到狮子阵阵的怒吼
国人啊！历史不可重蹈
威猛的狮子不可再一盘散沙
只有团结拧成一股绳
只有国家强盛、科技领先
华夏的大宇才不会丢失一根楼柱
卢沟桥上的累累伤痕
该给醒狮血的教训与觉悟

鄱阳湖，我心中的母亲湖

在长江与赣江的接合处
有一个美丽富饶的淡水湖
它像一颗璀璨夺目的明珠
镶嵌在祖国的金色腰带
闪耀着神奇迷人的光芒

它是我土生土养的出生地
它是我深爱、迷恋的故乡
它孕育着丰富独特的语言文化
它是赣省十八个最古老的文明县之一

只因一千六百年前的一次地壳运动
赋予了无数美丽动人的传说
沉鄡阳，立都昌
从此，鄡阳古城像谜一般沉淀水底

土城边遗散着铜钱、蟠螭铜镜等文物
蕴藏着博大精深的古代文化
如今，那里再现珍珠异彩
淡水养殖与深加工飞黄腾达，独领世界鳌头

鄱阳湖，我深爱着的母亲湖
您哺育着世世代代的鄱湖儿女
让热情好客，勤劳勇敢
博学精明，淳朴厚道的美德
千古流芳，世代相传

您用湖一般的绿拥抱春天
您用大爱给世间万物滋养

教子有方的陶母世代传颂
江万里不辱名节的情操让世人敬仰
甘于淡泊，好学慎行的云住老人
传《礼世明集》于后世，思想远播于重洋

谢灵运、黄庭坚为你踏遍足迹
苏东坡慕其名，为您策马扬鞭
紧追狂奔至南山时万家灯火
无奈水隔南山，恨怨春风吹老碧桃花

假如世间能够再次轮回
也许苏公定会千眼桥上驻足
天堑通途漫步
万家灯火丛中逶巡
定将引发另一番感悟

有人说
您是不朽的诗篇
是五千年华章、绝句的经典荟萃

饱浸着诗经楚辞的神采
饱蘸着唐宗宋词的韵致
有人说
您把千古流传的家国情怀
沉凝积聚于湖畔

大江东去
浪淘尽
千古骚人墨客
被您陶醉，被您吟唱
为您集思广益，曲水流觞
每逢春江花月夜之良辰
总能看见化蝶的梁祝在比翼双飞

有人说您是陈年的酒
是淘不完的万般甘苦
才酿出了香飘千里的佳酿
自古英雄豪杰侠骨柔肠
谁人不与美酒相随
怎能不如真似幻魂牵梦萦

鄱阳湖面的号角似乎还在回荡
烽火燃烧整个湖面
悠扬绵长的晨钟暮鼓
为您演奏一曲古老韵律的《大风歌》

有人说您是天堂的圣水
是盘古开天把苍穹戳透

苍茫大地才银河飘洒云蒸霞蔚
天池的琼浆玉液幻化成尘世的洁净之水
天上人间从此铺陈着金碧辉煌的轮回

鄱阳湖，我的母亲湖
有人说您是相思凝结的晶莹
是仙女惋别红尘洒落的曲曲悲伤
湖面激溅出千回百转的绵绵恋情

您没有黄河的雄浑、长江的壮美
却将血脉精髓源源不断输送
从而彰显长江的雄伟与袅娜多姿

您没有海洋的宽广，却博大精深
汇纳着千川百溪的源头活水
胸襟宽广，深交赣江、信江、长江——
缀满玛瑙般的裙带环绕巍峨秀丽的山川

鄱阳湖！我心中的母亲湖
您温柔端庄娴淑像美丽的少妇
您有时怒发冲冠，掀起飓风
瞬间幻变成吞食一切的"东方百慕大"

隔湖相望的老爷庙
长驻着加封显应的鼋将军
多少信徒顶礼朝拜
王爷显灵，曾为多少人普渡众生
朱文武与陈友谅大战鄱阳湖落难

鼋将军显灵囚渡，从此开创明朝，功不可没

记得工作不顺心时
曾一度苦闷、彷徨、消沉、迷惘
狂奔扑入胸襟宽广的湖滩
拼命贪吮您琼浆般的丰乳
看牛羊在肥美的草洲上徜徉
看叶叶渔舟荡漾于湖心

鄱阳湖啊，我心中的母亲湖
您的心脏泊着一个淡泊明志的仁者
怀抱鸟的天堂，虔诚守护那片湿地
正因为李春如几十年如一日，一秋坚守乐土
相形见绌之下，我是何等的卑微渺小

梭罗说：森林独处时，才能看到奇妙的风景
闭关修炼时，才可领悟出奇特的上乘武功秘籍

喝一杯咖啡垂钓于湖边
捧一本书，晨光里静坐阳台诵读
渐渐从樊牢与桎梏中泅渡出来
顿悟大自然恩赐的天地是多么辽阔与深厚

春天，如少女怀春倾诉绿的春情
夏天，涨满的胸脯吞没骄阳酷暑
秋天，千年花市隐现海市蜃楼
冬天，龟裂的湖州裸露对春之眷恋

我总想如一只野鸟得到庇护

时而湖洲上贪食丰腴的蒿草

时而贴着水面嬉戏浪花

无数次试飞，多想展翅飞翔

羽翼丰满时，伴随孤独渐行渐远

鹤鸣于九皋，声闻于天

鱼在于渚，或潜于渊

为了美化您天鹅湖般的形象

为了把您传奇优美的赞歌唱响

鄱湖儿女群策群力，制作精美的图牌

每一张牌都是呕心沥血、精心励志的花朵

每一张牌见证了鄱阳湖的光辉历程

鄱阳湖啊，我心中的母亲湖

您用玛瑙般的珠贝、独特的物产广迎游客

您用魔幻般的风景让人乐此不疲、流连忘返

您用洁净的圣水洗涤、抚慰旅途中的舟车劳顿

您让鸟感悟大自然的至亲至善和谐相处

鄱阳湖啊，我心中的母亲湖

世人心中神游驰骋的母亲湖

我深爱您生生不息、源远流长的历史长河

我更爱您辉煌灿烂、如日中天的美好未来

鄱阳湖，我深爱着的母亲湖

鄱阳湖，我心中日夜思念向往的母亲湖

您将引领无数的仙鹤、天鹅圆梦共舞

后记

生活有如发酵的酒窖，储藏日常积聚的食粮，掺入发酵的霉曲，倾心酿造。

往日，我努力地储存、发酵与酝酿，方又酿成一坛，无论酒的味道如何，只有捧给至爱的读者，茶余饭后品尝。亲朋们，你可知道，那是用我的生命之花酿成的。

中国诗文化源远流长、博大精深，我如一个涉游者，凭着激情，扎进母亲河扑腾，不知能游多远，但只要我还可以折腾，就用尽最后一点力。

有时，我认为：一滴水，一粒石子，只要投进了海，终究还是投了。这也许是我迂腐的执着，此生不求雁过留名，只需做一棵草，活出本身的一份绿。

生活往往不尽如人意，诗是我活在尘世的魂，只求它能漂游，全靠读者的恩赐、包容与海涵。

诗集《云与水》能得以面世，承蒙宁夏原作协主席、中国作协会员、中国戏剧家协会会员、中国戏剧文学学会会员、宁夏固原市原文联主席火仲舫老师大力相帮，以及编辑的厚爱，才有幸得以出版，在此，深表谢意！诗集难免出现差错，敬请读者谅解！

246